Rodolphe

La Lune verte

roman

Collection
Sentinelles

Le beau jardin

Du même auteur

Chez le même éditeur
Les enquêtes du commissaire Raffini
Les petits meurtres
Étrangère au paradis
La valse brune

Romans
La légende de Pierrot le fou (Michalon 2016)
Petits fantômes (Michalon 2014)
Sprague (Mango 2008)
Nos chers disparus (Alain Beaulet 2001)
Le Tonkinois (Ed. Futuropolis 1998)

Poésie & divers
Le petit grenier (Ed. Delvero 2017)
Monsieur Miroir (Ed. Le Chat Gris 1994)

Essais
Chroniques des années rock'n'roll (Ed. Chroniques)
Rock'n'Roll Vinyls (Ed. Stephane Bachès)
Les cours de recrée que vous ne verrez plus jamais (Ed. Hugo & Co)
Petit dico de mon enfance (Ed. Mosquito)
La vie aventureuse de Robert Louis Stevenson (Seghers 1981)

Bandes dessinées
Kenya . Namibia / Amazonia, avec Léo et Marchal (Ed. Dargaud)
TER, avec Christophe Dubois (Ed. Daniel Maghen)
À la vie, à la mort avec Gael Séjourné (Ed. Delcourt)
Les enquêtes du commissaire Raffini, avec Maucler (Ed.Tartamudo)
Robert Sax, avec Louis Alloing (Ed. Delcourt)
Brian Bones, avec Georges Van Linthout (Ed. Paquet)
Je suis un autre, avec Laurent Gnoni (Ed. Soleil)
Merdre (Jarry, le père d'Ubu), avec Daniel Casanave (Ed.Casterman)

La lune verte

I

Ti-Paul était couché sur la plage, ses longs cheveux comme des varechs mêlés au sable, ses yeux perdus dans les brumes vertes du ciel, sa tête brouillée de mille rêveries vagues…

Plus loin, Grand-Paul dormait encore et ronflait bruyamment. Roulé sur le côté dans son vaste caban, on eût dit un éléphant de mer que la marée aurait échoué…

Entre eux, abandonnés dans les reliefs humides de la plage, des flacons vides témoignaient de leurs libations de la nuit.

Quelle heure pouvait-il être ?

À regret, Ti-Paul se redressa, secouant sa crinière noire pour se débarrasser du sable. Il sortit de sa poche une antique montre-gousset :

—Midi déjà !…

Il se releva et s'approcha de son copain qu'il entreprit de réveiller d'une suite de coups de pieds dans les jambes et les fesses :

—Eh ! Il est midi ! On y va ?

Difficilement, Grand-Paul ouvrit un œil :

—Mmm ?

—Il est midi, je te dis ! Tu comptes passer la journée là, ou on se bouge ?

Grand-Paul opta pour le mouvement et déploya son vaste corps.

—Midi ?...

Au contraire de Ti-Paul, petit, maigre, voûté, Grand-Paul était un presque-géant, un balèze, une force de la nature. Auprès de lui, Ti-Paul se sentait protégé. Grand-Paul aussi se sentait en sécurité auprès de son ami. Mais une sécurité autre. Celle de ne pas passer pour un idiot, de comprendre vite et de réagir promptement, de savoir retourner les rires contre autrui, de faire que les mots rebondissent et que les idées s'envolent.

Ils remontèrent la courte plage pentue, leurs pieds peinant dans le sable humide et lourd, et regagnèrent la promenade de béton qui fermait le site. Sa balustrade avait été prévue pour être peinte et ses bacs massifs pour être plantés de fleurs. Mais rien n'avait été fait, la promenade était restée ainsi, les tiges d'acier de son armature émergeant par endroits du béton brisé, comme l'os d'une mauvaise fracture.

Ti-Paul pourtant aimait bien ce lieu. N'était-ce pas là, sur cette plage, qu'on situait généralement le premier débarquement de Leroy-Latour et de ses hommes ?

Le brick du pirate, la *Marie-Cinglante*, était resté à l'abri dans la crique, à quelques encablures, et ils avaient mis des chaloupes à la mer. Parfois, en tendant bien l'oreille, Ti-Paul avait l'impression d'entendre encore le bruit de leurs rames, leurs jurons et le chant de guerre qu'ils entonnaient lors des combats et des abordages, une chanson brutale, obscène et glorieuse qui crachait sur la mort.

— Qu'est-ce que tu fiches ? demanda Grand-Paul à son ami qui s'était arrêté et retourné face au large.

— J'arrive !...

Ti-Paul le rejoignit.

— Je repensais à Leroy-Latour quand il a débarqué ici avec ses gusses ! La tronche qu'ils ont dû faire, les gars du coin !

— Il y avait pas de gars du coin. Tu m'as dit que c'était lui qui l'avait fondée, la ville...

— Ouais, c'est vrai... J'y pensais plus... Mais peut-être qu'il y avait quand même quelques types... Deux ou trois maisons, un hameau, je ne sais pas, moi...

— Possible.

Pour Ti-Paul, Leroy-Latour était un grand homme. Le grand homme. Une figure historique d'abord : celle du fondateur de la cité, en mille sept cents et quelques, sur cette arête rocheuse, au bout de la presqu'île, à la tête de son escouade de flibustiers.

Mais surtout ce singulier héros figurait un autre lui-même, une sorte de double magnifié, animé de la même fureur, mais pourvu d'une prestance, d'une force physique, d'une science des armes et du combat qui bien sûr faisaient défaut à Ti-Paul...

Ainsi, l'ombre du pirate était-elle présente à ses côtés ; à chaque instant il s'imaginait Leroy-Latour face aux situations qu'il rencontrait lui-même, et il tirait de la façon dont le pirate s'en serait sorti une matière exemplaire où puiser courage, vaillance et pugnacité.

Les deux Paul suivaient le chemin de la côte, un chemin étroit accroché à la falaise et bordé de gros murs de pierres aux faîtes arrondis, couverts de lichens jaunes. Le chemin permettait d'éviter la route, menant directement à la ville haute où les deux amis avaient leur quartier.

—Je commence à avoir les crocs, fit Ti-Paul. J'ai pas souvenir qu'on ait mangé grand-chose, hier soir…

—Non. On a surtout picolé…

—Où on va ? À l'Atelier ?

L'Atelier était un minuscule bistroquet, logé en face du port, dans une masure au bord de l'écroulement. La nourriture servie pouvait sembler atroce, mais Roger, le taulier, vieux compagnon de virées et de bitures, avait le cœur grand et, miraculeusement, le crédit ici avait encore cours.

—J'aimerais passer d'abord chez Modestine.

—Ah ?

Ti-Paul se rembrunit. Les visites obligées dans le fouillis du bazar que tenait la vieille Modestine l'ennuyaient au plus haut point. Mais comment les éviter ? C'était, aujourd'hui, le seul endroit de la ville où l'on pouvait acheter des jouets : de pauvres petits jouets, pas chers et vite cassés, des peluches à trois sous, des automates de fer blanc importés du bout du monde dans leurs boîtes de carton mou aux couleurs criardes.

L'échoppe de Modestine s'ouvrait sur la place du Guet, une place étroite percée de quatre ruelles plus étroites encore, entre les maisons hautes aux frontons austères, sombres, giflées d'embruns et de pluies en hiver, sans cesse balayées de vents et de courants d'air.

Grand-Paul poussa la petite porte de bois bleue, et, accompagné des trois notes du carillon, pénétra dans la pénombre.

Ti-Paul, resté dehors, releva le col de sa veste. Il jeta un regard rapide sur la vitrine du bazar.

— Toujours les mêmes rogatons pensa-t-il, elle ne la refait pas souvent, sa vitrine, la Modestine !

Mais qu'aurait-elle pu y mettre de nouveau ? De nouveaux balais-brosses ? Des seaux et des pelles ? Des sacs-poubelles ? Des boîtes à outils ? Ou bien de ces sinistres jouets pour pauvres, que Grand-Paul s'entêtait toujours à acheter ?

Et puis elle devait maintenant approcher de ses quatre-vingts ans, Modestine, et jouer les étalagistes n'était sans doute plus de son âge ! Encore heureux qu'elle puisse toujours ouvrir son magasin, relever et refermer chaque soir avec la manivelle le lourd rideau de fer condamnant les vitrines !

Ti-Paul l'avait connue gamin, Modestine. C'était une amie de la famille, des parents, quand ceux-ci tenaient encore la grande quincaillerie face au port. Depuis la maison avait été abattue, la quincaillerie fermée et les parents étaient morts. Seuls témoins de cette époque révolue, la vieille dame dans son magasin obscur vendant quelque saloperie à Grand-Paul, et lui, Ti-Paul, dehors, à se peler de froid devant sa boutique !

Grand-Paul sortit enfin, tenant un sac contre lui.

— Alors ?

Grand-Paul sortit du paquet un horrible singe jouant de la grosse caisse. Dans son dos de métal, une grosse clé actionnait le mécanisme.

— Hum ! fit laconiquement Ti-Paul.

— C'est un automate, précisa son ami.

— J'avais vu…

Le singe réintégra le fond du sac.

— Ce tantôt, j'irai là-bas le lui donner…

— Tu sais, ajouta-t-il devant le silence de Ti-Paul, tu n'es pas obligé de venir. On peut se donner un rencard…

— T'en fais pas. De toute façon j'ai rien à faire. Alors là-bas ou ici…

2

Ils empruntaient à présent les « Petits Degrés », un interminable escalier de granit contournant les habitations avec des angles droits et des recoins pisseux, qui menait au port. Une plaque de bronze vissée dans la muraille indiquait 134 marches.

— C'est marrant, je les ai jamais comptées…

— Quoi ?

— Les marches. Tous les jours, on passe là, et on compte jamais…

— Quelle importance ?

— J'en sais rien. C'est comme une année… On dit que ça fait 365 jours, mais personne non plus ne vérifie ! Tu les comptes, toi, les jours ?

— Non. On s'en fout. Ça n'a pas d'importance…

— Qu'est-ce que c'est qui est important alors ?

— J'en sais rien. Mais pas les chiffres… Aller se manger quelque chose, ça oui, c'est important, surtout quand on a la dalle comme maintenant !

Roger les installa « en terrasse » sur une petite table ronde, plantée devant la porte rouillée du hangar voisin, et maintenue en équilibre précaire sur les pavés disjoints grâce à des cales de fortune.

En attendant leur ragoût, ils sirotaient le litre de vin acide posé d'office sur chaque table.

Devant eux, le port, leur port, s'enfonçait chaque jour davantage dans le silence et la rouille.

Hormis quelques gros bateaux de pêche ventrus et deux ou trois caboteurs fatigués livrant des phosphates ou des agrumes, les navires étaient maintenant à quai pour toujours ! Deux gros cargos, le *Santa Lucia* et le *Big Mae* se tenaient là, amarrés en face du bassin, mais ni l'un ni l'autre n'était en état de reprendre la mer ! Il y avait même un énorme bananier qui achevait de pourrir contre la digue nord, avec sur son flanc un ancien escorteur datant de la dernière guerre mondiale.

Un vrai cimetière oui, gardé par les grues géantes du port, elles aussi rouillées, elles aussi immobiles, entre lesquelles les mouettes venaient se jeter en poussant leurs cris aigres...

Le port de plaisance, lui non plus, ne marchait pas fort ! Sans doute aurait-il fallu équiper, adapter, reconstruire... Quant à la ville, telle qu'elle se présentait actuellement, elle n'offrait guère de grandes tentations touristiques !

Plus tard bien sûr, quand les messieurs de l'urbanisme auraient achevé de détruire la ville haute – pardon : de la reconditionner – et d'en chasser les habitants, peut-être alors que la cité attirerait les touristes et les plaisanciers !

Mais dans l'immédiat, la perspective de dormir dans les puciers de l'Hôtel des Plages, ou de goûter au ragoût de Roger n'attirait pas vraiment les foules… Tout au plus quelques skippers fous faisant escale avant de reprendre la poursuite de leurs insaisissables destins, et quelques représentants de commerce ou négociants réduisant au strict minimum la durée de leur séjour…

Sous le perpétuel brouillard vert du ciel, le soleil tentait une timide percée.

—Fait beau, hein?

—Ouais.

Le climat spécifique à la presqu'île contribuait lui aussi au charme de l'endroit. De même que les « Petits Degrés » proposaient 134 occasions de se casser la figure, l'année offrait ici 365 jours de ciel vert. Un joli vert ma foi, pas du genre licence poétique : plutôt résultat d'expériences façon physique & chimie !

Ces expériences amusantes – et la fabrication à gros rendement qui s'en était suivie – se déroulaient dans l'usine OKAO. Celle-ci, plantée au bord de la presqu'île, entre la route et la mer, participait elle aussi à la mise en valeur du site.

L'usine, créée il y avait presque un siècle, traitait des algues, qu'elle brûlait et mélangeait à certaines substances chimiques afin d'obtenir des onguents, des crèmes, des cosmétiques : des produits vendus très cher en petits pots, et censés sentir très bon, mais qui ici empuantissaient l'atmosphère, et surtout teintaient en permanence le ciel d'un écran de fumée verte…

Roger, son éternel mégot au pli de la bouche, déposa deux portions de ragoût devant les deux Paul :

— Gaffe, les gars ! C'est du chaud !

— Merci Roger, fit Grand-Paul en attirant à lui l'assiette ébréchée effectivement brûlante.

Circonspect, Ti-Paul se contenta pour sa part d'approcher son long nez de la pitance pour en apprécier les effluves. Pas de problème, ça puait comme d'habitude.

— Super, Grand ! fit-il au tavernier, accompagnant son discours d'un aimable et vaste sourire.

Au-dessus d'eux, une mouette poussa un énorme « kriii », tout en se délestant au passage d'une déjection de beau calibre.

— Raté ! fit Ti-Paul en rentrant néanmoins par prudence la tête dans les épaules.

Face à lui Grand-Paul s'empiffrait pensivement.

— À quoi tu penses ?

— Mmm ?

Quand Grand-Paul faisait cette tête-là, arborant ce sourire mélancolique et ces yeux de clown battu, Ti-Paul n'avait pas vraiment besoin de poser la question. Rose, bien sûr ! Sa gamine, le soleil de sa vie que les autres là-bas séquestraient et l'empêchaient de rencontrer…

Lui, Ti-Paul, ne l'avait jamais vue ; quant à Grand-Paul, depuis combien d'années n'avait-il pu s'en approcher ? Depuis la mort de la mère ? Avant déjà ?

Quel âge avait-elle maintenant, la gamine ? Six ans ? Sept ? Plus ?

On s'y perdait ! Le temps passait trop vite ! Et trop mal aussi ! Dans certaines histoires en tout cas ! Comme celle-là…

3

Le Paul, il y a dix ans de ça, bossait à OKAO. Pas par amour de la chimie, simplement qu'ici, si on veut bosser, le choix est simple : la mer ou l'usine. Et déjà, à l'époque, le port c'était plus ça. Paul tous les matins prenait donc son petit vélo pour aller travailler là-bas, dans l'usine de Monsieur Moer, proprio des lieux et de la recette de la chimie verte.

Pas franchement sympathique, ce Moer, le col cassé et la bouche en cul de poule, sanglé dans ses principes, ses valeurs et ses biens, distillant un mépris profond à l'humanité souffreteuse, dolente et pauvre, dont ses ouvriers faisaient partie.

Mais voilà que le bonhomme avait une fille, une certaine Judith. Elle accompagnait parfois son père à l'usine et c'est là un jour, en dépit de son éducation et des principes inculqués, que la Judith tomba raide amoureuse du Paulo !

Pourquoi ? Allez savoir !

Sans doute l'anti-papa, l'exact contraire de tout ce qu'on lui avait fait entrer dans le crâne, une réaction chimique à l'envers… Le côté énorme de pépère, oui, son côté éléphant, nounours, force de la nature, capable de tout ! Avec peut-être aussi un délicat fumet de sueur ? Le raffinement d'un maillot taché, d'une barbe pas faite, d'ongles maculés ?

Quoiqu'il en ait été, elle lui avait sauté dans les bras ! Et lui, ce grand nigaud, plutôt que de profiter de l'aubaine et d'abuser de la situation en se disant que c'était toujours ça de pris, avait joué la scène façon grande passion ! Résultat : des embrouilles à n'en plus finir ! Fifille veut présenter l'heureux élu à papa, qui bien sûr ne veut pas en entendre parler ! Du coup, tout vire dans le genre mélo : la fugue, le mariage secret, la naissance de la petite…

Et puis voilà que Judith découvre qu'elle est malade. Pas le rhume. Une « longue maladie » comme l'on dit pudiquement en allant visiter le marchand de faire-parts. Comme ils n'ont pas un kopeck, ils sont bien obligés de repasser chez le *padre* ! Mais lui, il les voit venir ; c'est lui qui dicte ses conditions : il récupère fifille et le mioche d'accord, mais Pue-la-Sueur, son ex-ouvrier, ne mettra pas ses espadrilles crasseuses sur les tapis d'Orient de la villa Moer !

Qu'est-ce qu'il peut faire d'autre que de s'écraser, le Paulo ? Alors, le voilà qui se retire doucement, sur la pointe des pieds, pour ne pas déranger le sommeil de la petite, la chimio de Judith, les tapis de la villa.

Son seul espoir, c'est qu'avec l'âge le Moer devienne un peu moins salaud et l'autorise, comme-ci, comme-ça, à venir de temps en temps dire un petit bonjour, voir Judith et Rose.

Bien sûr ça ne s'est pas du tout passé comme ça : salaud un jour, salaud toujours.

Du coup, Paulo il a viré désespoir et ivrognerie. Que pouvait-il espérer ?... Tous les jours, il allait zoner près de la villa, le long des hautes grilles... Entrer de force ? Qu'est-ce qu'il pouvait faire, seul contre une armée de larbins et deux ou trois dobermans ?

Les deux amis avaient fini leur ragoût depuis longtemps, et Grand-Paul torché son assiette jusqu'à la dernière goutte de sauce noirâtre.

Leur bouteille aussi était vide.

— On en redemande une ? fit-il en brandissant le litre abandonné à l'intention de Roger.

— Si tu veux...

Au-dessus d'eux le ciel à nouveau s'assombrissait, reprenant sa coloration habituelle, comme si le soleil s'était soudainement découragé, abandonnant l'idée de réussir à percer un jour l'immuable couche verte de l'endroit...

Sur la table près de la leur, quelqu'un avait abandonné un journal, et Ti-Paul s'en empara. Roger apporta la seconde bouteille :

— Quelqu'un veut un rab de ragoût ?

— Veux bien, fit Grand-Paul, pas d'refus.

À la une du quotidien que Ti-Paul avait déplié s'étalait une mauvaise photo et un titre sur trois colonnes :

UN NOUVEAU CADAVRE RETROUVÉ.

Ti-Paul lut les premières lignes de l'article. Une fois de plus, un meurtre d'enfant venait d'être commis ; on l'attribuait au pédophile qui sévissait dans la région depuis l'hiver dernier. Il en était à sa cinquième victime, le salopard ! Le corps de la petite dernière, une gamine de huit ans, habitant à Ouisam, à quelques kilomètres au nord de la presqu'île, avait été retrouvé la veille, dans des fourrés près de la côte. Un nouveau portrait-robot, correspondant à celui de l'homme aperçu par le cantonnier, avait été établi et publié en première page…

—Un fumier pareil, moi je te lui écrabouillerais la gueule, sans autre forme de procès ! s'exclama Grand-Paul.

—Encore faudrait-il commencer par le choper !

Grand-Paul d'un geste rapide s'appropria le quotidien :

—Tu permets ?

À côté d'eux, un couple de touristes-normaux-sans-histoires, et qui donc visiblement s'était trompé de route, de côte, de vacances, étudiait attentivement le menu, comme s'il se fût agi de la vraie carte d'un vrai restaurant, comme s'ils s'imaginaient se réjouir finement l'appareil digestif supérieur.

—Les malheureux ! compatit Ti-Paul.

Face à lui Grand-Paul, qui avait terminé sa deuxième platée de ragoût, étudiait avec concentration la page de bandes dessinées.

—Bon, fit son ami, on se lève ?

Grand-Paul replia le journal en en faisant une grosse boule, puis il attrapa son sac posé contre le pied de la chaise.

—Hé, Grand, cria Ti-Paul à Roger qui, clope au bec et bedon impérial, apportait une cassolette aux inconscients de la table d'à côté, tu nous les notes sur le compte ?

Le Roger opina du chef et du clope.

—Bon appétit M'sieur dame ! lança Ti-Paul aux touristes en passant devant eux. Ils lui répondirent aimablement sans se douter le moins du monde de l'humour de l'expression. Il faut dire qu'ils n'avaient pas encore soulevé le couvercle du plat...

4

Les deux Paul marchaient lentement, côte à côte, le long de la route. Le soleil était revenu et cette fois, il faisait franchement chaud. Grand-Paul avait retiré son caban, et Ti-Paul roulé les manches de sa chemise.

Ici, de ce côté, sur cette partie privilégiée de la presqu'île, les vents chassaient les fumées vertes vers le large, ou sur l'autre versant de l'arête rocheuse, là où la ville s'était construite. Ce qui expliquait pourquoi les habitants les plus fortunés y avaient fait bâtir, face à la mer, un ensemble de belles et solides villas, parmi les bougainvilliers, les lauriers, les mimosas et même quelques palmiers auxquels le climat océanique, presque méditerranéen, convenait à merveille.

Bien sûr, de l'autre côté de l'arête, les mêmes arbustes plantés plein nord et ciel vert crevaient en quelques mois.

La villa Moer, une des plus belles, des plus spacieuses, des plus élégantes avec ses colonnades, son patio et ses grandes terrasses, était située tout en haut de l'éperon, dominant la presqu'île et la baie, et les villas avoisinantes.

Tout un symbole...

À côté de Ti-Paul, Grand-Paul fredonnait une chanson sans paroles tout en mâchonnant une longue herbe arrachée au bas-côté. L'endroit était désert. Seuls les ronronnements des tondeuses à gazon, les clic-clac des cisailles des jardiniers et, à leur passage, les aboiements des chiens occupaient le silence ensommeillé de l'endroit...

Ti-Paul regardait son ami à la dérobée. Les plis marqués de part et d'autre de sa bouche donnaient à son expression quelque chose d'amer et de douloureux, et témoignaient des terribles moments qu'il avait vécu.

Grand-Paul s'était donc vu interdire l'accès à la villa, à sa femme, à sa fille, et il s'était mis à boire. Gravement. Mais, malgré l'importance des doses et le pouvoir anesthésiant de cette médecine, il lui venait de temps à autres des crises de fureur que rien ne pouvait arrêter. Plusieurs fois, il était monté à la villa, et avait sauté par-dessus le mur. Et ça s'était bien sûr toujours très mal passé : morsures profondes des chiens, râclées à coups de manche de pelle par les jardiniers et les larbins, avant d'être embarqué par les flics et de passer le week-end ou la semaine à l'ombre pour effraction, violation de domicile, coups et blessures et toutes ces sortes de bontés.

Et puis il avait découvert quelque chose de terrible. Quelque chose qui lui causa une peine, une douleur irréparable. Voilà : sur le registre du petit village où l'acte de naissance de Rose avait été consigné, une page avait été arrachée. Et une autre sur le registre d'état civil de Ouisam : il n'existait en fait plus une trace de leur mariage, à Judith et lui. Plus rien ne le rattachant à elle et à l'enfant. Il n'existait plus. Il n'avait jamais existé !

Dans le même temps, surgissait villa Moer un particulier à particule, infatué et gominé, censé jouer pour la bonne société alentour le rôle du géniteur et du mari !

Quel chantage avait-on pu utiliser pour que Judith se plie à ce répugnant simulacre ? Une chose était sûre : elle s'y était pliée. Et l'autre, Edmond de Machin-Chose, était entré, tête haute et croquenots vernis, piétiner les laines d'orient, jouer au gendre comme il faut, époux modèle, bon père, et cela va de soi, futur successeur à l'usine !

Seule ombre au tableau : le Edmond c'était paraît-il un franc crétin tout juste bon à paraître et à faire semblant.

Judith en tout cas n'eut pas à le subir longtemps ; dans la bagarre l'opposant aux petites cellules pourries, ce furent bien sûr ces dernières qui l'emportèrent…

Judith était morte, il y a trois ou quatre ans de cela, laissant sa fille aux soins des grands parents et du prétendu père. Pauvre Rose…

… Un prénom jugé sans doute trop « peuple » par les Moer. Marie-Sophie qu'elle avait été rebaptisée, la mouflette !

Pour elle bien sûr, il ne faisait aucun doute qu'Edmond était son vrai père. Comment aurait-elle pu se douter que tout avait été truqué et acheté, que son vrai papa, c'était ce docker à tête de boxeur et au poitrail de singe qui, certaines nuits, venait hurler son amour interdit sous les hauts murs de la villa ?…

D'autres jours, fatigué de hurler, Grand-Paul jetait par-dessus le mur des cadeaux à son intention : des jouets, des petites poupées, des peluches à trois sous, achetés chez Modestine, accompagnés d'une laconique et toujours identique signature : « Papa ».

Quels espoirs mettait-il dans cette singulière pratique ? À plusieurs reprises, il tenta de s'en expliquer à Ti-Paul, mais celui-ci n'y comprit pas grand-chose. Voulait-il rappeler son existence à la fillette ? Ou lui faire savoir que l'autre était un imposteur ? Ou la préparer à ce qui plus tard s'apparenterait à une libération… ou un rapt ? Ou simplement dire à cette enfant tout l'amour qu'il lui portait : un amour à en mourir. Et qu'il mourait précisément de cette ignorance, de cette involontaire indifférence ?

Après une dernière « épingle-à-cheveux », la route surgissait sur la crête de l'éperon rocheux, desservant la propriété des Moer et deux ou trois autres vastes villas, avant de redescendre de l'autre côté, vers le pays vert de la ville haute et du port.

Grand-Paul, suivi de son ami, s'approcha du mur clôturant le jardin de la demeure Moer. Chez les rupins, c'était l'heure de la sieste. Aucun bruit, aucun aboiement. Même les chiens devaient dormir.

Grand-Paul sortit le petit jouet du sac de papier, l'enveloppa, le roulant comme une momie dans ses bandelettes ; il écrivit dessus « Papa », puis il jeta l'ensemble par-dessus la clôture.

Il y eut le bruit sourd du paquet tombant sur la pelouse, puis plus rien.

Grand-Paul et Ti-Paul restèrent encore un instant à tendre l'oreille et guetter on ne sait trop quoi, puis Grand-Paul soupira, donnant là le signal du départ…

De l'autre côté du mur, à l'ombre d'un grand pin, une vieille femme qui tricotait, assise dans un vaste fauteuil d'osier, posa son ouvrage et se leva.

C'était Madame Moer, l'épouse du directeur, la grand-mère de Rose ; une femme grande, sèche, aux pommettes osseuses, aux dents éternellement serrées, comme s'il elle craignait en ouvrant la bouche de dire des choses qu'elle eût regrettées.

Elle s'approcha du mur d'enceinte et ramassa le petit paquet ; elle en déroula le papier et fit surgir l'automate de métal. Un sourire las modifia un instant l'ordonnance stricte de ses traits, puis elle enfouit l'objet et le papier dans la poche de sa veste de toile.

Plus tard elle irait le ranger avec les autres, dans une armoire de la chambre ouest, baptisée chambre d'amis mais qui ne recevait jamais personne. C'est dans cette vaste armoire à corniche qu'étaient archivés les cadeaux de Grand-Paul. Il eût bien sûr été plus prudent et plus simple de les détruire, les jeter ou les donner aux employés pour leurs enfants, mais curieusement elle ne pouvait s'y résoudre.

L'amour de cet homme pour sa fille la perturbait d'autant qu'elle s'était elle-même habituée à une vie sans amour. Non par nature ou par goût, mais par raison : pour sauvegarder son équilibre précaire dans cette singulière tribu : Jean-Léon son mari, dépourvu de tout sentiment, sa fille Judith incapable de communiquer, sa petite-fille Marie-Sophie, toujours murée dans le silence ou les étranges chansons de son petit monde d'enfant. Quant à Edmond, elle l'avait jusqu'alors ressenti comme un idiot…

Si l'on pouvait revivre sa vie comme on peut abandonner la lecture d'un livre pour un autre plus passionnant, Renée eût certainement rêvé de susciter une grande passion amoureuse ; et filiale aussi.

Mais bien sûr la vie n'est pas un roman…

5

À l'angle de la rue Haute et de la rue Traversière, le néon rose du Maryland éclairait la nuit verte.

Le Maryland, c'était le bar ouvert le plus tard et qui regroupait tous ceux qui retardaient le plus possible le moment de se coucher, qu'ils aient la phobie d'un lit solitaire et froid ou la hantise de plonger à nouveau dans leurs cauchemars.

Le Maryland c'était le point de repère capital pour les deux Paul. Comme un autre chez-eux, plus ouvert, plus convivial, où les solitudes, faute de se fondre, au moins se superposent, s'additionnent, et donnent l'illusion d'adoucir mutuellement leurs rigueurs.

Bien sûr le bar comptait ses habitués, qui autour de Bert, le tavernier à la triste figure, représentaient une sorte de clan, de tribu, de famille.

Il y avait là, outre les deux Paul, Polky, l'intellectuel crasseux, ses petits yeux de fouine à l'affût derrière la graisse des lorgnons, Irène une des dernières « encartées » du port, perdue dans les brumes de ses petites liqueurs et la fumée de ses « bouts dorés », sans oublier le flic, ce putain de flic, qui avait débarqué un soir, il y a quelques semaines de ça, et qui revenait maintenant toutes les nuits s'appuyer au zinc de Bert et vider ses whiskies en silence.

Et chacun s'imaginait bien sûr que c'était pour lui que le flic était là !

Pour Bert, derrière son comptoir, toujours occupé à frotter nerveusement sur le zinc cette tache qu'il est seul à voir, le policier avait découvert le meurtre de Lucie sa compagne, et il allait incessamment l'arrêter. D'une certaine façon, la chose le soulageait : cela prouverait qu'il l'avait bien tuée, et non qu'elle s'était enfuie aux Îles Dorées, là où elle rêvait toujours d'aller, là où il fait si bon vivre, en compagnie non d'un vieux triste comme lui, mais d'un jeune fringant au sexe joyeux et au sourire conquérant !

Les deux Paul, en observant le flic du coin de l'œil, craignaient bien sûr pour leurs activités illicites – la contrebande d'alcool – et ils avaient toujours l'impression que l'œil du policier fixait non pas le verre qu'il tenait en main, mais derrière celui-ci, en contrebas, la trappe d'accès à la cave, là où débouche le souterrain par lequel ils acheminent les fûts et les bouteilles !

Polky pour sa part ressentait là l'omniprésence du pouvoir totalitaire et la surveillance du flic, à l'en croire, concernait en premier chef ses subversives activités, théâtrales et littéraires.

Quant à Irène, terrifiée par cette présence muette, elle s'imaginait que le policier était sur le point de découvrir des choses désagréables enfouies dans son passé ; aussi pour atténuer le tremblement de sa main droite montant la « bout-doré » à ses lèvres peintes, avait-elle augmenté singulièrement ses doses de liqueur à l'anis.

Mais le flic ne disait rien, se contentant soir après soir de pousser la porte vitrée du bar, de venir appuyer son imperméable usé contre le zinc de Bert, puis de vider des verres en observant ses phalanges poilues et ses ongles ébréchés.

Un couple de touristes éméchés avait pris place à une table contre la vitre du café et Polky, qui avait tout de suite entrevu là la possibilité de se faire offrir quelques verres, s'était de lui-même invité à se joindre à eux.

À en juger à ses mines et ses gestes, également par ses coups d'œil inquiets vers le flic, il devait leur brosser quelque grande rétrospective de son œuvre théâtrale, la plus virulente dénonciation de la misère morale et intellectuelle à l'ouest du comptoir de Bert et des kils de rouge !

Sa dernière création en date – Ti-Paul comme tous les autres avait eu droit à des morceaux choisis – s'appelait *Chacun tue ce qu'il aime*. Le titre n'était pas mal, mais Louis, le gars de la bibliothèque itinérante, avait dit que c'était pas de lui.

En fait la grande spécialité de Polky, c'était de piquer des trucs aux autres. Des trucs chouettes, si possible, en faisant en sorte que personne ne s'en rende trop compte.

Mais somme toute, n'en étaient-ils pas tous au même point ? À commencer par ce flic étrange qui venait peut-être ici non pour les surveiller, eux les habitués, mais pour se fuir lui-même ?

La plus perturbée par la présence de l'homme à l'imper mastic, c'était Irène. Et Ti-Paul qui l'observait elle aussi à la dérobée se demandait bien ce qu'elle pouvait avoir à se reprocher de grave.

Une fois ou deux, au terme de longues nuits anisées, elle l'avait entrepris sur son passé, avant le Maryland, la vieille cité et les passes avec les marins. Paraît qu'elle fréquentait la Haute. Enfin fréquenter… Qu'elle était larbine de luxe, dame de compagnie, gouvernante, quelque chose du genre, auprès d'un marquis ou d'un duc… Des gens gavés de pognon et pétris de belles manières… Qui s'asseyent sur le velours et qui pètent dans la soie…

Lui, Ti-Paul, il ne demandait rien, c'est elle qui tenait à se libérer la conscience, à s'aérer les souvenirs. Alors, correct, il avait écouté. C'était quoi déjà, l'essentiel de son topo ? Dur de s'y retrouver, surtout que les grandes révélations s'étaient faites la langue pâteuse et l'élocution difficile, avec entre eux, un solide écran tabagique façon grille de confessionnal !

De quoi avait-elle donc causé la frangine ? D'une histoire de secret… Un truc qu'elle aurait surpris entre les ci-devant… Secret de famille… Trouducutage illicite… spoliation d'héritage… Une merdouille grave et qui faisait tache sur le blason ?

Ce dont il se souvenait bien, par contre, le Ti-Paul, même s'il ne tenait guère à s'en vanter, c'est que quelques jours plus tard, suite à la parano qu'elle avait annoncé, il l'avait suivie…

Comme ça, par un coup de désœuvrement, rien à faire, ni à boire… Histoire de vérifier si c'était vrai que des types, des sbires du vicomte de Machin-Chose, la surveillaient, lui filaient le train ici jusque dans la ville haute…

Et ce qu'il avait vu c'était pas franchement le programme annoncé.

Irène avait abandonné son poste de travail au port, dos au mur, le nichon provocant et le fessier lascif, pour filer par les Petits Degrés jusqu'à la Place Du Guet, là où Modestine vendait ses courants d'air.

Puis elle avait pris la Rue des Trois Frères vers l'ancienne chapelle des Mohirés. De temps en temps, elle jetait des coups d'œil derrière elle, comme si elle craignait d'être sous escorte, et Ti-Paul avait bien failli se faire repérer.

Peut-être qu'après tout c'était vrai, cette histoire d'espion et de secret ? Mais que venait-elle faire ici, à l'extrémité de la ville haute, face à la chapelle et à la statue des Trois frères ? Une p'tite prière aux frérots qu'ils lui assurent sa récolte quotidienne de glandus en mal d'amour ?

Ti-Paul la vit contourner la chapelle et redescendre de l'autre côté en direction de la Halle. Là, à nouveau, coup d'œil alentour. Puis hop, plus personne !

Elle était entrée chez Pierrot, l'horloger.

En se faisant discret, Ti-Paul parvint à s'approcher, voir ce qu'ils bricolaient ensemble, l'Irène et l'Pierrot. Faisait-elle maintenant, comme les bonnes sœurs du dispensaire, des visites à domicile ?

Dans l'immédiat elle farfouillait dans son sac, et face à elle, de l'autre côté de son petit comptoir, le Pierrot gardait l'œil rivé sur le sac en question comme si elle avait annoncé qu'elle allait en sortir la tiare papale ou le Saint Graal.

C'étaient des bagues, des bijoux, une poignée de machins brillants qu'elle posa sur la caisse et dont Pierrot s'empara aussitôt en se vissant sur l'œil une loupe d'horloger.

Un peu plus tard, Irène sortait, serrant précieusement son sac sous l'aisselle, matant toujours alentour avec le même regard inquiet.

Le soir même, alors qu'elle payait à Bert quinze jours d'arriérés de clopes et d'anis, elle récupéra *in-extremis* un gros paquet de biffetons qui voulait faire la bise au lino.

C'était donc ça le grand secret d'Irène. Peau de fesse, oui, la terrible histoire de famille qu'elle aurait surprise ! Elle s'était tout bonnement tirée du château avec la caisse ! La boîte à bijoux et peut-être bien l'argenterie !

En la regardant, Ti-Paul sentit une bouffée de compassion lui chauffer le cervelet. Pauvre Irène !…

Dans le fond, peut-être qu'elle avait raison : les ci-devant avaient sûrement porté plainte. Elle était sans doute recherchée. Peut-être bien que c'était pour elle qu'il était là, le flicaillon du comptoir ?

Celui-ci précisément tendait son verre à Bert pour qu'il le resserve, et Bert abandonnait à regret la tache invisible qu'il briquait sur le zinc pour remettre à niveau son gobelet.

Ah Lucie…

Lucie, sa poupée, son nounours, son rêve brisé…

Brisé ou envolé…

Pourquoi n'arrivait-il plus à se souvenir ?

… Il se souvenait de certaines choses bien sûr… Quand elle dansait en faisant s'envoler autour d'elle comme une gitane sa vaste robe et ses jupons… Quand elle lui faisait des clins d'œil… À lui et aux autres… La fois où il l'avait surprise avec Jo… Et l'autre fois avec ce marin étranger… La fois encore où il l'avait trouvée faisant les poches de sa vareuse et lui prélevant une dîme sévère !… Les soirs de fâcherie et les soirs d'amour… Et ses infinies nostalgies… Ses rêves flous, indistincts, d'autre chose, sans savoir précisément quoi… Cette passion qu'elle avait développée pour les Îles Dorées où, disait-elle, il faisait si bon vivre, où elle voulait qu'ils se sauvent… Mais bien sûr, c'était un rêve, juste un rêve, une illusion… Sa vie, leur vie, c'était ici qu'elle se déroulait : sous la lune verte du vieux port : voilà ce qu'il lui répondait… Alors elle s'enfuyait, en riant ou en pleurant, volant l'argent dans ses poches et faisant de l'œil aux clients…

Oui, tout cela il s'en souvenait très bien… C'est du reste qu'il n'était plus sûr… Pourtant il ne buvait pas plus que de raison. À moins que les vapeurs des bouteilles qu'il débouchait pour la clientèle lui aient à la longue rongé le souvenir et barbouillé l'entendement ?

« Je l'ai tuée ! » se dit-il en lui-même, tout en reprenant son chiffon et frottant à nouveau cette horrible tache qu'il était seul à voir…

Assis en face de Ti-Paul sur la banquette de moleskine rouge, Grand-Paul s'impatientait :

— Bon ! On y va ?

— Ouais, ouais… T'inquiète pas, on a le temps !

— Ce serait trop con de pas être là, de les rater !

— Mais non, on les ratera pas ! On les as déjà ratés, hein ?

Grand-Paul fut obligé d'en convenir :
— C'est vrai...
Mais de reprendre aussitôt :
— Ça n'empêche qu'on ferait mieux d'y aller !
Ti-Paul capitula :
— Okay, allons-y !
Il siffla le fond de son verre d'un geste rapide et se leva.
Grand-Paul entreprenait de sortir sa grande carcasse coincée entre la table et la banquette :
— De toute façon, on peut revenir après...
Ti-Paul jeta un coup d'œil à sa montre ronde :
— On verra... On verra...

Ils saluèrent Bert d'un geste vague et sortirent.
Dans la rue étroite, le vert de la nuit et le rose du néon du Maryland se partageaient les lumières et les ombres. Une odeur de friture flottait, lointaine. Plus bas, venant du port, un bandonéon chantait une vieille rengaine...
Remontant les cols de leurs cabans, les deux Paul s'éloignèrent...

6

À chaque fois qu'ils partaient ainsi à leurs rendez-vous nocturnes, le pirate Leroy-Latour accompagnait Ti-Paul. L'accompagnait et le prolongeait. Il lui semblait alors porter un vaste feutre et de grandes bottes, avoir à la ceinture une paire de bons pistolets, sentir battre contre sa cuisse, à l'extrémité du baudrier, un large sabre d'abordage.

Bien sûr, c'était l'aspect aventureux et illégal de l'opération qui appelait l'ombre du flibustier. Le lieu également, car il ne faisait guère de doute que le pirate et ses successeurs aient utilisé eux aussi en leur temps les souterrains courant sous la vieille ville, et la grotte de la Vierge, endroit propice aux transbordements et aux stockages pas franchement licites.

Ils gagnèrent la cave de leur logement, 11 rue Vieille, et, allumant leurs lampes torches, se glissèrent dans le souterrain ; quelques dizaines de mètres plus loin, dans la salle principale qui faisait fonction d'entrepôt, ils récupérèrent un petit chariot pourri de rouille. Puis ils descendirent le boyau menant au fond de la grotte.

Leroy-Latour et ses compagnons cheminaient à leurs côtés…

Ti-Paul avait lu jadis plusieurs bouquins relatifs à l'histoire du pirate. Mais il n'en avait, au final, pas retenu grand-chose ! Car le fait qu'il soit aujourd'hui considéré comme le fondateur de la cité – la cité moderne tout au moins – avait amené ses biographes à expurger de sa vie et de ses aventures tout ce qu'ils jugeaient peu conforme à l'image du père fondateur, premier grand homme, premier notable de la cité ! On ne retrouvait là, dans leurs proses reliées plein cuir, que le portrait d'un grand marin, d'un grand capitaine, d'un grand soldat, doublé à n'en pas douter de celui d'un grand humaniste !

Humanisme et rigolade mis à part, sans doute avait-il en effet été un marin et un combattant d'exception. Mais les biographes rognaient ce qui aux yeux de Ti-Paul donnait sa véritable dimension au personnage : Leroy-Latour, c'était aussi et d'abord un secoué, un grave, une brute, un parfois méchant, grand buveur, grand bouffeur, grand baiseur, troussant et sabrant tous les jupons passant à sa portée, violeur, voleur, assassin, habité d'idées étranges, traversé de visions, bercé de rêves de fortune, de conquête et de pouvoir, capable des exploits les plus fous comme des atrocités les plus graves, hésitant toujours entre l'horreur et l'héroïsme, entre l'ange et le démon, ballotté entre fange et ciel… Mais au contraire de la plupart des hommes, ne cédant pas à son propre vertige, avançant vaille que vaille, coûte que coûte, se taillant un destin hors-norme, monstrueux, à coups de sabre, d'illuminations et de blasphèmes !

Ils étaient arrivés à l'extrémité du boyau, et Grand-Paul confiant le chariot à son ami entreprit de repousser la lourde porte de bois bloquant l'accès à la grotte.

Sous la poussée du colosse, celle-ci s'ouvrit dévoilant une pénombre luisante dans l'odeur violente des algues et de la mer.

Quelque part, un peu plus loin, un moteur tournait au ralenti.

— Tu entends ?

— Mvouais. Ce doit être lui.

Ils traînèrent derrière eux le chariot sur le pavage irrégulier menant à la vieille digue ; quelques dizaines de mètres devant eux, une lumière dansait sur les vagues.

Un lourd canot à moteur frottait son bord ventru contre le quai. Sur le pont du bateau, deux ombres s'agitaient.

— C'est bon, les gars ? Pas de merdes ? fit une voix.

— Ça baigne commenta Ti-Paul.

— Qu'est-ce qu'on vous met ?

— Standard : 4 caisses et 6 fûts.

— C'est parti !

— T'as la thune ? fit Ti-Paul à son pote.

Grand-Paul plongea la main dans la poche intérieure de sa vareuse.

Il en sortit une enveloppe qu'il tendit à son ami.

Celui-ci ouvrit et recompta. Puis il transmit au gros à casquette qui achevait de débarquer les cartons :

— Soixante. Le compte est là.

— Okay.

Le gros sauta à bord et récupéra son câble d'un geste rapide :

— Prochain coup, le lundi pas en quinze, celui d'après : dans trois semaines. C'est noté ?

— Noté fit Ti-Paul qui aidait maintenant Grand-Paul a entasser les cartons de bouteilles et les fûts de bière sur le chariot.

— Salut !

— Salut !

Déjà le canot disparaissait dans la pénombre.

Les deux Paul, l'un tirant, l'autre poussant, escortèrent leur cargaison vers la grotte.

— Et voilà, conclut laconiquement Grand-Paul.

— Ouais, répondit Ti-Paul tout aussi laconique...

Il est vrai que l'aventure de cette nuit semblait bien plate, bien pauvre, dépourvue du moindre romanesque, du moindre zeste de panache. Jusqu'à Herbert et sa bouille ronde d'épicier. Jusqu'à son horrible canot à moteur. Jusqu'à l'allure bonhomme de Grand-Paul, penché vers l'avant, attelé au chariot comme un gros percheron à sa charrue.

Une fois cependant, leur sortie avait basculé dans l'extraordinaire. C'était il y a deux ans de cela. Comme aujourd'hui, ils rentraient les caisses de whisky et les fûts de bière dans la grotte. Soudain Ti-Paul avait senti une présence.

Juste à côté, à l'entrée de la grotte, une silhouette s'appuyait au rocher.

Ti-Paul avait lâché le chariot.

— Eh ! Attends !

Grand-Paul, qui n'avait rien remarqué, continuait à tirer :

— Arrête, bon dieu !

— Quoi ?

— Regarde !

La silhouette était toujours là, immobile, le dos contre le roc.

Elle semblait ne pas les voir et fixait la mer.

— Une femme ?

— Ça y ressemble, non ?

— Qu'est-ce qu'elle fout là ?

Ti-Paul s'approchait d'elle lentement, comme pour ne pas l'effaroucher :

— X'cusez du dérangement, Mademoiselle, mais mon ami se demande ce que vous fichez ici. Moi aussi, d'ailleurs je me le demande. Pas de problème, non ?

Lentement, comme à regret, elle tourna la tête vers lui et le regarda. Elle n'était pas franchement belle, mais avait du charme, oui, beaucoup de charme.

Elle posa donc sur Ti-Paul un long regard un peu triste, puis tout aussi silencieuse, reprit sa contemplation des flots noirs.

— Vous êtes sûre qu'il y a pas de problème ? Vous n'allez pas rester ici comme ça toute la nuit ?

— Vous ne voulez pas qu'on vous accompagne ? Si vous ne savez pas où aller on peut tâcher de vous trouver un gourbi !... Au fait, on ne s'est même pas présentés : Moi c'est Paul et lui...

c'est Paul, aussi ! Marrant, non ? Alors on nous appelle Grand-Paul et Petit-Paul pour faire la différence ! Et vous au fait, c'est quoi votre nom ?

La fille fixait toujours la mer. Elle ne le voyait pas, ne l'entendait pas. Quant à Grand-Paul, debout à côté du chariot, il s'impatientait, jetant des regards inquiets vers le port :

— Qu'est-ce qu'on fait ? On y va, oui ?

À regret, Ti-Paul fit un pas en arrière :

— Bon. On va vous laisser. Si vous êtes sûre de…

C'est à ce moment précis que la mystérieuse étrangère décida de s'évanouir. Ti-Paul la récupéra de justesse alors qu'elle s'abîmait dans la caillasse.

Cette fois Grand-Paul réagit, abandonnant le chariot pour rejoindre son ami :

— Qu'est-ce qui lui arrive ?

— J'en sais rien. Elle est tombée dans les pommes !…

— On ne peut pas la laisser comme ça.

Il attrapa la fille sous les bras et les genoux et la hissa contre lui.

— On l'emmène. Et hop !

Grand-Paul en silence récupéra le chariot qu'il tracta derrière lui vers la grotte. Ti-Paul suivait, la fille dans les bras. Elle portait une sorte de ciré noir, mais dessous, la main de son sauveur ne rencontrait que la peau nue.

— Elle serait à poil ? s'interrogeait en lui-même Ti-Paul. Sûr en tout cas qu'elle a pas grand-chose sur la couenne !

Ils pénétrèrent dans la grotte. Ti-Paul n'y voyait quasiment rien, il peinait sous le poids de la fille, et pour ne rien arranger le bord du ciré lui sciait le poignet. Néanmoins il n'aurait laissé sa place pour rien au monde. Ça faisait partie de la distribution, du casting céleste : Leroy-Latour et Ti-Paul étaient ce soir des seigneurs ! Le genre de mecs dont le job c'est de sauver de belles inconnues dévêtues et de les monter à la force du biceps dans la plus haute chambre de leur petit nid !

— Eh ! Tu te magnes ou quoi ? fit Grand-Paul qui trouvait le temps long à maintenir ouverte la lourde porte du souterrain.

7

Sur le chemin du retour, ils s'arrêtèrent dans « l'entrepôt », la petite pièce ronde au centre du réseau de souterrains, pour y déposer le contenu du chariot, et Ti-Paul abandonna un bref instant l'évocation à laquelle il se livrait.

Ils empilèrent les cartons et les fûts les uns sur les autres, à l'abri de l'humidité, contre des planches les isolant du rocher. Demain ils reviendraient acheminer les premières livraisons vers les cafés et les établissements avec lesquels ils bossaient. Ils emprunteraient alors d'autres souterrains, l'un de ceux dont on voyait ici le départ, boyaux noirs peu engageants s'éloignant dans les entrailles secrètes de la vieille cité.

L'un de ceux-là menait directement dans la cave du Maryland…

— Tu te souviens de la fille ? Celle qu'on avait trouvée dehors près de la digue ?

Ils remontaient maintenant tranquillement le dernier tronçon du souterrain qui aboutissait rue Vieille, dans le sous-sol de leur immeuble, éclairant de leurs lampes de poche les bouts de racines et les toiles d'araignées de la voûte.

Oui, Grand-Paul s'en souvenait. Bien même. Trop bien, parfois…

—On a peut-être été idiots, songea Ti-Paul à haute voix.

—Ouais… fit Grand-Paul…

Ils avaient donc cette nuit-là remonté la fille chez eux. À un certain moment Ti-Paul avait capitulé, et Grand-Paul l'avait chargée sur son épaule et hissée jusqu'à leur « placard », un appartement plutôt vaste mais redivisé en deux dans le sens de la hauteur.

Ti-Paul, qui s'était proclamé sauveur officiel de la malheureuse et se définissait donc comme son ange tutélaire, libéra le matelas de sa chambre des vieilles chaussettes, livres et bouteilles abandonnées qui l'encombraient. Pour cette première nuit, il s'en alla en gentleman s'effondrer sur le canapé défoncé de la pièce faisant office de salon…

Le lendemain matin, la fille allait beaucoup mieux. Les deux Paul la surprirent a essayer de faire du café.

Visiblement elle était muette. Elle fit des signes curieux en direction de sa bouche, et sur le couvercle de la boîte de sucre, écrivit « Mariana ».

Ce fut le seul mot qu'elle écrivit ; elle préférait communiquer par gestes, ce qui bien sûr limitait beaucoup leurs échanges. En fait ils n'apprirent rien la concernant, ni d'où elle venait, ni la raison de sa présence, l'autre nuit sur les rochers de la grève nord, près de la vieille digue.

… Pas plus que les raisons de sa tenue vestimentaire peu commune, car, comme Ti-Paul l'avait deviné, elle était effectivement nue sous son grand ciré.

Son sauveur dut d'ailleurs se sacrifier une fois encore pour aller acheter une robe dans le Dépôt de Serge et Maman, et chaparder des sous-vêtements à peu près à sa taille (faute d'avoir eu l'occasion de mesurer sur pièce) qui achevaient de sécher sur une corde à linge dans un jardin.

Dans la journée, lorsque les deux Paul vaquaient à leurs occupations, elle restait au « placard », farfouillant dans les malles et les penderies, observant les photos des magazines empilés un peu partout, ou encore ne faisant rien du tout et regardant par la demi-fenêtre – coupée elle aussi à mi-hauteur – les nuages se faire, se défaire, s'enfuir.

Entre les deux Paul, il avait d'emblée été établi, même s'il s'agissait là d'un accord purement tacite, que Mariana était à Ti-Paul. Il l'avait découverte sur son rocher, il l'avait ramenée (enfin une partie du chemin tout au moins), l'avait installée dans sa chambre, l'habillait, la nourrissait. Les choses étaient claires, non ?

Le drame survint une petite semaine après l'installation de l'inconnue dans leur palais. Ti-Paul commençait la nuit à trouver le canapé dur et le temps long. Alors un soir il réintégra sa chambre et entreprit de faire valoir ses avantages auprès de la belle.

Elle le repoussa. Gentiment mais fermement ; et emportant sa couverture avec elle, prit la place que Ti-Paul avait justement abandonnée, dans le canapé du salon.

Grand-Paul, levé le premier, remarqua bien sûr la chose, mais il s'abstint de tout commentaire.

La journée du lendemain fut tendue. Mais plus encore celle du surlendemain, car Mariana jugeant sans doute le canapé trop défoncé au goût de sa peau délicate quitta nuitamment et discrètement celui-ci au profit du lit de Grand-Paul !

C'est là que Ti-Paul la retrouva le lendemain. Et il n'apprécia pas du tout !

Oh, bien sûr, il n'avait à proprement parler pas de droit sur elle ! Aucune obligation ne la tenait quant à partager sa couche et à réchauffer sa vieille peau et son amour-propre.

Aucune obligation, certes, mais quand même ! Question d'élégance, de correction, de politesse élémentaire.

Et puis l'abandonner comme ça, lui son sauveur, au profit d'un autre, fût-il son meilleur ami, son inséparable, ça non plus ça ne se faisait pas !

Après avoir pris leur petit-déjeuner en silence, les deux Paul s'étaient éclipsés : ils avaient des livraisons à faire. Mais Ti-Paul quitta son ami presque aussitôt. Intrigué celui-ci se retourna : Ti-Paul repartait d'un pas rapide à leur domicile. Grand-Paul, vaguement inquiet, resta là debout à l'extrémité de la ruelle, regardant l'autre s'engouffrer dans l'entrée du 11 et disparaître.

Mais comment intervenir après ce qui s'était passé cette nuit-là ?

… De toute façon, même habité par le fantôme de Leroy-Latour, Ti-Paul n'avait rien d'un violent.

8

Tip – c'était son nom dans la pièce de Polky – était donc rentré précipitamment chez lui, suite aux déchaînements sexuels de la fille, la nuit précédente avec son ami Top.

Il l'avait alors roulée dans une couverture, puis emportée, serrée contre lui, jusqu'à la Plage-des-Sans-Retours, là-même où Top et lui l'avaient trouvée, par une nuit sans lune, alors qu'ils se livraient à leur sinistre activité de naufrageurs, occultant le feu rouge de la digue et attendant, tapis dans la pénombre, le surgissement d'un cotre ou d'une goélette.

C'est là que, déroulant son drap au-dessus des flots noirs, il avait jeté la fille :

— Tu viens des flots, Sorcière de la Mer, alors retournes-y et ne reviens plus tourmenter Tip ni aucun de ses frères humains !

Telle était, dans *Chacun tue ce qu'il aime*, la conclusion de l'histoire de Mariana. Car Polky n'avait de cesse d'emprunter, tant aux œuvres de ses illustres prédécesseurs qu'au quotidien de ses proches. Sans la moindre autorisation, sans l'ombre d'un copyright ou d'un assentiment.

La scène suivante qui avait pour cadre la boutique d'un prêteur sur gages nommé Scraage, n'était d'un bout à l'autre qu'un plagiat éhonté de Dickens et même les deux touristes du Maryland à qui Polky faisait son numéro échangèrent entre eux un coup d'œil entendu.

À cet instant la porte du bar s'ouvrit, et les deux Paul entrèrent.

Contrairement à leur habitude, ils allèrent s'accouder au zinc, face à Bert et ses yeux rouges.

— Eh, le gros ! fit Ti-Paul. Quand t'auras fini de pleurer sur tes malheurs, tu viendras nous servir un coup ?

À regret, Bert abandonna sa tache et son chiffon.

— Mais y'en a pas de tache ! Y'en a pas et y'en a jamais eu ! N'est-ce pas, Grand-Paul ?

— Sûr ! acquiesça le balèze.

Bert remplissait deux verres en silence. Il préférait se taire. Et puis qu'aurait-il répondu ? Lui-même ne savait plus… L'avait-il ou non tuée ?… Avait-il inventé tout ceci pour se venger de son abandon, pour modeler sa peine en forme de tragédie ?

Il y avait quand même cette tache…

— Dis donc, le gros, l'interrompit Ti-Paul, tu as vu rue de la Vierge, l'ancienne boutique de Noël ? Ils l'ont bouchée aux carreaux de plâtre ! Les deux maisons à côté aussi ! C'est pas qu'elles valaient grand-chose, mais…

Grand-Paul saisit le verre que le tavernier avait posé devant lui :

— Ils vont finir par nous chasser, ouais, gronda-t-il.

Bert se pencha et farfouilla dans le tiroir en bois qui lui tenait lieu de caisse. Il en extraya un grand feuillet tapé à la machine et orné d'un cachet : c'était un avis d'expulsion.

Le dernier mais pas le premier, à en juger par le volume des courriers précédents et des mises en demeure !

— Fermer le Maryland ? Ti-Paul en était abasourdi. Mais pourquoi tu ne nous en as rien dit ?

Bert haussa les épaules, las, fatigué.

Grand-Paul avait à son tour pris la lettre et lisait, le sourcil froncé. Ti-Paul se pencha vers lui :

— Quand disent-ils ? À quelle date faut que tu décarres ?

— Le 20. Dans huit jours…

— Les salopards ! gronda Grand-Paul.

Le cafetier avait son appartement au-dessus du bar.

— Où est-ce que t'iras si ces cons-là démolissent la baraque ?

À nouveau Bert haussa les épaules.

— Et nous ? Où irons-nous ?

Grand-Paul tendit à nouveau son verre vers Bert et celui-ci le remplit une nouvelle fois.

En face d'eux, le flic à l'imper mastic suivait avec passion le tracé de ses veines sur le dessus de sa main.

— De toute façon, c'est qu'une question de temps, ajouta Bert, on est prévenus : c'est toute la vieille ville qu'ils vont faire sauter pour installer leurs machins de luxe, leurs résidences et tout ça. On va tous devoir ficher le camp…

— Ouais… Mais j'aurais préféré attendre… Y'a pas urgence…

Grand-Paul vida son second verre cul sec :

— Moi je partirai pas, de toute façon. Jamais !

— Tu me comprends, hein ? ajouta-t-il en direction de son pote.

— Ouais, bien sûr ! fit Ti-Paul, mais il fallut quelques secondes à ce dernier pour comprendre… La gamine, bien sûr ! Sa fille, sa Rose ! C'était ça qu'il voulait dire : il ne s'éloignerait jamais du coin où créchait la mouflette… Fidélité absolue à une gamine qui ne le connaissait pas et qui n'avait sûrement rien à faire d'un énergumène pathétique comme pépère !

— Mvouais, se dit Ti-Paul en lui-même, observant le regard de son pote, brusquement embué par l'évocation de l'enfant. Faudra quand même un jour faire quelque chose. Quelque chose pour l'aider. Lui et la gamine. On ne peut pas les laisser comme ça… Quelque chose, oui…

Restait juste à trouver quoi.

9

Ces derniers temps, les méchants avaient été très méchants. Alors voilà, le bal des princesses avait été remis à plus tard, et tous étaient allés se cacher dans la grotte de Courtepointe qui, comme on le sait, est une grotte magique que les méchants ne voient pas ! Pour y accéder en partant de la porte, il faut longer la commode puis traverser le tapis en faisant en sorte de bien rester sur la ligne de laine bleue (attention de ne pas en sortir : la jaune est particulièrement dangereuse !).

Ensuite on grimpe par un des pieds sur la grande plaine du lit ; de là ne reste plus qu'à rejoindre la grotte, au contreforts de l'oreiller...

Bien sûr le chemin le plus court consisterait à passer le long de la fenêtre de la chambre, mais par celle-ci on voit des choses en bas, dans le jardin ou sur la route, des choses ou des gens qu'on n'a pas envie de voir ! Comme par exemple un certain Grand Œil – Aïe Aïe Aïe : rien que de prononcer son nom, c'est dangereux ! Un grand bonhomme avec une tête horrible, qui vient souvent sur la route et qui regarde vers la maison, avec ses grands yeux qui font peur !

Voilà pourquoi mieux vaut passer par le chemin bleu du tapis, même si ça rallonge ! Faut faire attention parce que si on se met à avoir peur, ensuite ça reste et ça empêche de dormir !

C'est ça qui doit être bien avec les mamans, c'est qu'elles viennent quand on a peur et qu'on les appelle ! Quand la maman, elle est morte, c'est plus pareil : elle est peut-être pas loin, mais on ne la voit plus, alors on a quand même peur et puis ça fait des câlins un peu tristes…

Heureusement qu'il y a des gentils ! Comme Gentil-Nours, Peter Pan et Jolie-Belle ! Jolie-Belle c'est la grande amie, l'inséparable, la jumelle ! Elle est très belle et très gentille ! Ce qui est un peu dommage, c'est qu'elle n'existe pas vraiment !

Grand-Papa et Grand-Maman eux ils existent pour de vrai, mais ils ne sont pas vraiment gentils. Ils ne jouent pas. Et puis ils sont vieux. Grand-Papa on ne sait pas, quand il ouvre la bouche, s'il sourit ou s'il est en colère. Des fois, il a l'air très méchant. Thérèse (Mademoiselle Daumez), elle aussi a parfois l'air méchant. Mais c'est quand le travail est trop difficile, qu'il y a des mots trop durs à lire ou des opérations difficiles avec les chiffres. Alors elle se fâche, elle fait des yeux comme des calots en acier qui brillent, elle parle en faisant grincer les mots, elle fait peur…

Dans sa chambre tendue de soie rose, Marie-Sophie, en silence, parlait à ses ours et ses poupées. À quatre pattes sur l'épais tapis aux longues diagonales jaunes et bleues, la petite faisait progresser une procession de peluches et de petits personnages en direction de son lit.

La porte de la chambre soudain s'ouvrit faisant sursauter l'enfant. La silhouette de sa grand-mère s'encadra sur le seuil :

— Marie-Sophie ! Que faites-vous encore ? Vous savez l'heure qu'il est ? Mademoiselle Daumez vous attend au salon depuis cinq bonnes minutes ! Descendez immédiatement et excusez-vous ! Un professeur n'est pas un domestique : vous vous devez à la correction, et la ponctualité est la première des corrections !

La gamine se redressa, déposa au passage un gros ours (Gentil-Nours, c'est lui) sur le dessus de lit, et suivit sa grand-mère en silence.

En bas, immobile, les lèvres serrées, Mademoiselle Daumez, la préceptrice, l'attendait face au grand bureau d'acajou sur lequel s'étalaient déjà les livres et les cahiers.

Marie-Sophie entra dans le salon la tête basse :

— Pardon !

— Pardon qui ?

— Pardon Mademoiselle Daumez.

— C'est bon n'en parlons plus. Mais soyez plus attentive la prochaine fois ! Ouvrez votre livre page 40…

Par la double fenêtre du salon une lumière blonde entrait à profusion éclaboussant de soleil les tentures et les vieux meubles. À regret la fillette détourna son regard de la fenêtre et se pencha vers le livre.

— Allez-y. Je vous écoute.

10

Sur le port, un rassemblement s'était formé autour de la petite guérite qu'ils venaient d'achever de construire et qui aujourd'hui s'ouvrait au public. Elle était décorée de photos, de cartes, de plans, de grands caoutchoucs dans des pots de grès bleus et surtout d'une petite hôtesse blonde au sourire irrésistible et à la jupe si courte qu'on en voyait la culotte.

Mais plus encore que le sourire et la culotte de l'hôtesse, c'était la grande photo déployée sur le flanc de l'édicule qui avait attiré les habitants de la vieille ville et du port.

Ti-Paul et Grand-Paul étaient de ceux-là. Ils étaient passé à L'Atelier convenir avec Roger d'une heure de livraison dans la soirée, et avaient vidé une ou deux bouteilles ensemble. C'est là, en repartant, qu'ils avaient remarqué le rassemblement autour de la guérite.

La photo en question, format géant, représentait la ville, leur ville à eux, mais version demain ! Une projection de l'endroit *made in futur*, sans grues, sans cargos, sans hangars, sans vieille ville, avec juste d'élégants logements en pierre de taille, quelques délicates taches de verdure de ci de là, et quelques crêtes longilignes de conifères descendant de la presqu'île à la mer.

Le port de commerce et de pêche avait totalement disparu. À sa place s'étendait un ensemble de pontons de bois et d'acier contre lesquels s'alignaient des yachts. En arrière-plan, là où se trouvaient les hangars et l'Atelier de Roger, une galerie commerciale proposait des magasins d'accastillage et de produits de luxe.

En premier plan, décentré, passait un yachtman bronzé, portant chemise blanche et casquette, avec à ses côtés une nymphette dotée d'une superbe moue et de pare-chocs hors-concours !

— Mais ? Et nous, là-dedans ? fit l'un des gars fixant la photo.

— Nous, on n'existe plus. On est morts, répondit un autre.

— Va quand même bien falloir qu'ils nous relogent quelque part ? fit un troisième.

— Quelque part, oui ! Mais sûrement pas ici !... D'ailleurs j'en voudrais pas, moi, de leurs trucs !... C'est même pas sûr qu'ils fassent des bistrots !

De l'autre côté de la vitre, à l'intérieur de l'édicule, la fille interloquée par ce rassemblement tournait la tête et se contorsionnait pour tenter de comprendre la raison de ce regroupement singulier. Ce faisant, la jupe sous le tailleur remontait plus encore. Mais pas un des habitués n'avait ce matin le cœur à s'intéresser aux petites culottes...

— Y'a quand même un truc... fit soudainement Ti-Paul.

— Quoi ?

— S'ils veulent faire de la ville un machin pour rupins, d'accord. Mais les rupins, c'est exigeant, ça ne va pas n'importe où, ça veut du parfait sur toute la ligne !

— Où veux-tu en venir ?

— À ça ! fit Ti-Paul levant son index vers le ciel. Tu crois vraiment que c'est comme ça qu'ils se l'imaginent, le paradis de leurs vacances ? Avec en non-stop un beau ciel vert ? Soleil vert tout le jour, lune verte toute la nuit ? Bonne vapeur verte jusqu'au fond des bronches et des tuyaux !

— Arrête ! intervint Charles, un des deux grutiers. Ne dis pas que t'es pas au courant pour l'usine ?

— Quoi l'usine ?

— Ben ils vont la fermer, voyons ! C'est prévu depuis déjà un bout de temps. Délocalisation qu'ils ont dit ! Ils sont en train d'en reconstruire une autre au nord de Pléein. T'étais vraiment pas au courant ?

Ti-Paul avoua son ignorance. Grand-Paul non plus n'en avait pas entendu parler…

— Et les gars ? Les gars qui bossent là-bas, qu'est-ce qu'ils vont devenir ?

— Justement ! Comme ça ils seront obligés de partir. Suivre l'usine. S'il y a plus de boulot ici, tout le monde partira ! C'est bien ce qu'ils veulent, non ? Comme ça, à la fois finies les fumées vertes et les crasseux aux mains noires ! Alors tu vois qu'ils pourront se la faire, leur cité-richards !

Ti-Paul avait un urgent besoin de boire. Par pure solidarité Grand-Paul l'accompagna. Ils s'effondrèrent derrière une table en terrasse, et Roger radina aussi sec avec une bouteille et trois verres.

— T'étais au courant pour l'usine ?

Oui, Roger était au courant. Pour les expropriations itou. Lui aussi avait reçu le courrier de la mairie. Mais c'était moins grave, moins urgent que pour le Maryland. Il avait encore un an et quelques devant lui. Et en un an et quelques il peut s'en passer des choses…

Ils vidèrent le reste de la bouteille en silence…

Roger avait repris le chemin de ses fourneaux, et les deux Paul celui de leur glandouille coutumière, flânant au gré des quais et des digues. Ti-Paul le visage froncé, les mains enfoncées dans les poches, observait ses espadrilles fatiguées shooter dans les coquilles vides et les emballages abandonnés…

— Dis. Je voulais te demander…

Ti-Paul ne releva pas la tête :

— Oui ?

— C'est rapport à la fille. Celle qu'on avait trouvée. Mariana. Tu m'en reparlais, l'autre jour, tu te souviens ?

Ti-Paul releva la tête et acquiesça. Où voulait-il en venir ?

— Je me demandais ce que tu lui avais fait, comment elle était partie… C'est vrai ce qu'on dit : que tu l'as jetée à la mer ?

Ti-Paul ne put réprimer un sourire.

— Quel couillon tu fais, Grand-Paul ! Cette histoire de rejeter à la mer, c'est les conneries de Polky ! C'est sa pièce *Chacun tue*… Tant qu'à faire, tu as peut-être cru aussi que Mariana c'était une sirène, non ?

— Ça non ! J'sais bien qu'elle avait pas de queue de poisson ! Elle avait par contre un joli p'tit…

Grand-Paul se tut brusquement, mais il était trop tard ! Ti-Paul était reparti pour faire la gueule !

… Mais quel con, ce Polky ! Quel fouteur de merde, lui et son fichu théâtre ! Pouvait pas s'occuper de ses affaires à lui, ce vieux moche avec ses moches lunettes, au lieu d'avoir des idées et de discourir sur tout et surtout de voler les histoires des autres pour les bricoler dans des bouquins qui n'étaient même pas des bouquins vu que personne ne les éditait, des pièces de théâtre qui n'étaient même pas du théâtre, vu que personne ne les montait ! De la merde quoi, tout juste bonne à émouvoir cette tarte d'Irène, ou ce pleurnichard de Bert !… De quoi lui faire dire des conneries à lui aussi, comme cette histoire de fille jetée à la mer ! Quel âne faisait-il pour avoir cru à une telle idiotie !

Pourtant un doute subsistait : une idiotie ? Vraiment ?… Et si… ? Si Ti-Paul avait vraiment jeté Mariana dans la crique ? Il était vraiment furieux ce matin-là, Grand-Paul s'en souvenait parfaitement ! Bien sûr Ti-Paul n'avait jamais été violent, mais pris par la colère… Et puis il avait toujours eu un côté fantasque, lunaire, parfois inquiétant…

À la dérobée, il lui jeta un coup d'œil.

Mais Ti-Paul avait à nouveau le visage fermé, le sourcil froncé, la mâchoire serrée de ses mauvais jours…

Prudemment, Grand-Paul s'abstint de toute remarque…

11

Penché sur son cahier d'écolier aux coins cornés, aux marges maculées de taches d'encres et de traces de doigts sales, Polky écrivait à toute allure. Il avait démarré un roman, trois jours plus tôt, et il avançait le plus vite possible avant que l'idée ne lui échappe. Son sujet, c'était le destin d'une femme ; une prostituée au passé mystérieux, qui avait été chez les nobles et que ceux-ci avaient chassée.

Pourquoi ceux-ci l'avaient-il chassée ? Ha ha ! Mystère !... Parce qu'elle était précisément une des leurs – la fille naturelle de ce salopard de duc, par exemple ? Parce qu'elle avait surpris un terrible secret concernant la disparition de Lloyd, le frère cadet, à qui, en l'absence de l'aîné, le château et la totalité des domaines et des biens de la famille revenaient ? Parce qu'elle s'apprêtait à dénoncer publiquement, par voie de presse, le scandale que représentait l'existence de telles fortunes, acquises par la sueur et le sang des malheureux, par l'exploitation de l'homme par l'homme, et gérées aujourd'hui par le vice, le stupre et l'immoralité ?

Surgissait également aux côtés de Mabel – c'était le nom de la prostituée – un forçat évadé qui avait décidé de ne plus se consacrer qu'au bien. C'était là un bon personnage. Bon mais compliqué, embarrassant, car bien sûr tout le monde allait penser au Jean Valjean de Victor Hugo. Et c'est vrai, à bien y réfléchir, qu'il y avait sans doute un petit air de famille… Pour dégager son personnage du modèle, il pouvait bien sûr changer son prénom – le sien aussi s'appelait Jean –, et supprimer dans la description physique qu'il en donnait l'allure siècle dernier qu'accentuaient les larges favoris…

À bien y réfléchir, force serait peut-être aussi de revoir le personnage de ce flic dont le père avait été garde-chiourme et qui ne le lâchait plus…

C'était pour Polky une bonne heure pour écrire. Le Maryland était désert ou presque. Trop tard pour le café, trop tôt pour l'apéro, les travailleurs travaillaient, les autres faisaient la sieste, même les marteaux piqueurs creusant derrière, rue des Marielles, s'étaient tus ; Bert, à son comptoir, le regard dans le vague, frottait sa tache en silence. On n'entendait que le vrombissement des mouches vertes à la recherche de quelques fumets rares, de quelques grosses merdes ou charognes…

Bert et ses taches, voilà qui serait un sujet pas con, nota en lui-même Polky. Bon, vrai que dans l'immédiat il était sur autre chose et qu'il ne fallait pas tout mélanger…

Il suçota encore quelques instants l'extrémité déchiquetée de son stylo-bille, puis à nouveau se pencha vers le cahier et sa main se mit à courir.

C'est à ce moment que la porte du café s'ouvrit avec vigueur.

Trois types entrèrent d'un pas assuré, coup d'œil à leur gauche, coup d'œil à leur droite, et s'approchèrent du comptoir.

Bert avait abandonné sa tache. Des flics ?

Effectivement le premier d'entre eux ouvrait un porte-carte présentant une carte de police.

Dans la tête de Bert, ça tournait pleine tubulure ! Que lui voulaient ces gusses ? Sur quel front allait-il devoir se défendre ? Une enquête à propos de la disparition de Lucie ? Une mise au point concernant son expropriation ? Auraient-ils eu vent de ses achats d'alcool de contrebande aux deux Paul ? Quelqu'un l'aurait-il dénoncé ? À moins que leur venue concerne un des habitués du bar ? Polky qui au fond de la salle se planquait derrière son cahier ? Ou Irène et ses histoires pas toujours très claires ? Ou ce type qui venait tous les soirs et que jusqu'à présent il avait pris pour un flic ? Ou bien sûr les deux Paul ?

À nouveau le premier des flics plongea la main dans sa poche. Il en ressortit une enveloppe kraft, puis une grande feuille qu'il déplia. C'était un portrait, dessiné au crayon ou au fusain. Pas très artiste. Plutôt photo ratée. Il représentait le minois d'un type entre deux âges, signe particulier : passe-partout, moyen du partout, du front au nez en passant par la bouche et le menton. Seul détail susceptible d'être noté : la présence d'un grain de beauté ou d'une tache au-dessus du sourcil gauche.

Bert, à bien le regarder, avait une impression de reviens-y ! Pas de doute, il l'avait déjà vu, ce portrait-là ! Mais où ?

Un des flics trancha net dans le mystère poétique :

— Il a été publié dans tous les quotidiens locaux. C'est le portrait-robot du tueur présumé de la gamine retrouvée à Ouisam, avant-hier.

— On cherche ce type, fit l'autre, et activement ! C'est un dangereux ! Cinq mômes déjà à son tableau !

— Ouais, ajouta le troisième. Alors si jamais le portrait te rappelle quelqu'un...

Bert se pencha à nouveau vers la tronche de Passe-Partout. Évidemment qu'il la connaissait cette tête-là, le journal était resté ouvert toute la journée sur le comptoir, à être lu et commenté par l'essentiel de sa clientèle ! Le Maryland-all-Stars au grand complet ! Alors pensez !...

Il nota toutefois le téléphone où joindre ces messieurs au cas où, et archiva le papelard dans le tiroir-caisse, entre le dernier avis d'expulsion et les ardoises de ses clients.

Ti-Paul et Grand-Paul remontaient, eux, la rue du Lavoir. C'est là, un peu plus haut à gauche que s'ouvrait le grand fourbi du « Dépôt ». Dépôt de quoi ? Il eut été difficile de l'énoncer clairement. Dépôt de riens, petits ou grands, de rogatons de toutes sortes, de ce qu'abandonnait une part de l'humanité et que Serge – le taulier – et Maman, sa femme, tentaient de refourguer à une autre.

On entrait d'abord dans une cour où se trouvait regroupé tout ce qui était pierre ou ferraille, et qui allait de l'abreuvoir creusé dans un bloc de granit – la maison ne livre pas ! – à une charrue datant d'un autre siècle, en passant par des sommiers en métal rouillés, dressés contre un mur. De la cour, on pénétrait dans un hangar, dévolu aux meubles et aux objets de grande taille. On y trouvait des corniches, des châssis ou des portes d'armoires – mais qui allaient rarement ensemble – des fenêtres de château, des marbres de cheminée, des tapisseries bouffées aux mites, des cadres de plâtre ébréchés.

De là on pénétrait dans une seconde pièce occupée de meubles et d'objets de taille plus modeste et généralement en meilleur état. On trouvait ici des buffets et des commodes, un peu d'électro-ménager, des caisses de livres, des malles de vêtements – c'était là que Ti-Paul avait acheté la robe de Mariana quelques années plus tôt – et accrochée au mur, une des plus remarquables collections de chromos religieux de la région !

Enfin tout au bout de la pièce, avachi contre un petit comptoir, se tenait le Serge, sourcil tombant et clope éteint pendouillant au bout de la lèvre. À ses côtés Maman, sa tendre moitié, une forte femme faisant deux fois son poids et trois fois son caractère, veillait au grain.

Serge était un copain d'école de Ti-Paul. Une éternité et demie qu'ils se tutoyaient ! Mais ils ne se croisaient que de loin.

Justement ce jour-là le discours du Serge concernait l'amitié :

—Les amis, tu veux que je te dise, Paul, ça sert à rien ! Les amis, ça n'existe pas ! Les amis y font qu'à devenir des copains, les copains qu'à devenir des relations, et les relations qu'à se perdre dans la nature ! Pas vrai ?

Ti-Paul dressa un sourcil interrogatif à Maman :

—C'est pour moi, son speech ?

La grosse répondit d'un reniflement blasé :

— Tu parles ! Ça fait trois jours qu'il me lâche pas sur le sujet !

Rallumant son mégot éteint, Serge continuait :

— Regarde Claude. Claude Bontemps, tu t'en souviens ? Ce mec-là il a été dans une panade totale quand l'autre s'est tirée ! Il a essayé de se flinguer au moins dix fois ! Je sais de quoi je parle parce que c'est nous qui l'avons récupéré, hein Maman ? Il est bien resté six mois à la maison, le Claude ! Comme s'il était de la famille ! Et que Maman lui bichonnait des petits plats, et qu'on se vidait des bouteilles jusqu'à se mettre minables ! On s'est aussi occupé de ses histoires pour essayer de démêler, d'arranger un peu ça... Moi, je l'ai mis en rapport avec Pecqueur, tu sais qu'il est avocat, maintenant, Pecqueur ? Maman lui a fait obtenir une espèce de bourse par sa sœur... On lui a trouvé une piaule grâce à la Coop... Comme quoi vraiment on a fait le max ! Et maintenant, vrai qu'il va mieux ! Il s'est retrouvé une mignonne, il a un nouveau job, il se retape une baraque sur la côte. Du coup, on le voit plus ! Quand on le croise, comme ça, de temps en temps, c'est « Salut, Ça va ? », point final ! Il hésite encore à me donner du « monsieur », mais faut être patient, sûr que ça viendra ! Ça me casse de voir ça !...

— Mvouais, commenta sentencieusement la grosse en ouvrant son livre de comptes.

Grand-Paul s'était éloigné et farfouillait dans les jouets et les livres ; Ti-Paul, lui, observait, dans la vitrine contre la caisse, un petit revolver dans son étui de cuir.

— C'est un vrai ou un jouet, ton revolver, là ?

—Un vrai, bien sûr !… Tiens, tu te souviens de Murdoch ? À l'époque où il habitait à côté ? Lui aussi il était toujours fourré là, le Tonio ! Un coup, c'était l'apéro, l'autre le café, et Serge ceci et Serge cela !

Maintenant que monsieur s'est tiré à la ville, plus jamais de nouvelles ! L'existe plus, le Serge ! Peut crever la gueule ouverte, oui, tout le monde s'en fout !

Ti-Paul avait sorti le revolver de la vitrine et de son étui. Il le maniait avec précaution, l'étudiait :

—Y marche, ce truc ?

—Pardi ! Pourquoi ça, t'as quelqu'un à buter ?

—Tu le fais combien ?

Serge donna un prix, ils discutèrent. Ti-Paul sortit quelques billets.

—… Et Chris ? Le jeune mec que j'avais pris ici quand Maman était malade ? Tu t'en souviens de ce type ? Plutôt sympa, non ?… Eh bien c'est pareil : du jour où il s'est tiré, plus jamais de nouvelles !

Grand-Paul les rejoignit. Il posa un livre d'enfant sur le comptoir :

—Combien ?

Serge jeta un regard bref au bouquin :

—Cadeau ! De toute façon, les livres pour gosses, j'en vends pas ! C'est toi qui lis ça ?

Grand-Paul rangea le bouquin dans sa poche sans répondre et Ti-Paul fit signe au Serge de ne pas insister. Il allait vraiment falloir faire quelque chose pour Grand-Paul rapport à la petite ! Ça devenait grave. Franchement maladif, oui !

Ils sortirent du Dépôt, abandonnant le Serge à ses désillusions sur le genre humain.

—Il a pas de chance, hein ? fit Grand-Paul.

—Bah !

—Mais toi, t'étais pas ami avec lui ?

—Non. On se connaît depuis longtemps, on se voit de temps en temps, on se parle, on boit un coup, mais on n'est pas copains. On ne l'a jamais été…

—Comme ça vous risquez pas de vous fâcher et d'être déçus !

—Si on veut !

—Et nous ? s'interrogea brusquement Grand-Paul, on est pourtant des amis, non ?

—Non.

—Non ?

—Nous on est des inséparables ! On se lâche jamais ! C'est pas pareil !

Ils descendaient en silence les marches de pierre des « Petits Degrés ». Ti-Paul serrait amoureusement dans sa poche de veste le petit revolver dans son étui de cuir.

—Mais dis… reprit Grand-Paul. Les inséparables, ça ne se fâche pas, ça ne se sépare jamais ?

—Si ! convint Ti-Paul à regret. Ça se fâche aussi…

—Ah ? s'inquiéta Grand-Paul.

12

Ce soir-là, il y avait dîner chez les Moer, dans leur luxueuse villa.

Autour de la table, servie par un maître d'hôtel et deux larbins, étaient présents le Moer lui-même, 65 ans et toutes les dents de son sourire crispé, Madame son épouse dont l'élégante robe noire ne dissimulait guère l'inquiétante maigreur, Edmond le gendre et son éblouissante insignifiance, et de l'autre côté de la table leurs voisins immédiats et prétendus amis, les Bailey, lui pharmacien et maire, elle directrice de rubrique – la rubrique Madame & Mode – au supplément régional d'un grand quotidien. Il y avait là encore le fiston, un grand échalas avec les dents en avant qui s'empiffrait comme un cochon, laissant dans sa précipitation un maximum de choses s'échapper de sa fourchette comme de sa bouche, pour aller faire des décorations grasses, plus bas sur le tapis persan.

Marie-Sophie était remontée dans sa chambre quelques minutes plus tôt…

—Excellent, chère amie ! Absolument excellent ! fit Bailey à Madame.

—C'est vrai, ajouta son épouse, c'est vraiment exquis !

—Scronch ! ajouta enthousiaste le fiston aux grandes dents.

—Merci mes amis ! répondit Madame Moer avec humilité.

Chez ces gens-là, on ne se posait guère les questions de Serge. Vrai que le terme ami, pour eux, ne voulait pas dire grand-chose.

N'était-ce pas celui qu'utilisait Bailey lors de chaque réunion du conseil municipal, chaque débat public, au profit de chaque intervenant, chaque contradicteur, fut-il le plus bouché, le plus désagréable du monde ?

« Allons cher ami, ce que vous demandez-là n'est pas raisonnable ! »

« Voyons, mon ami, réfléchissez une minute ! »

« Mes amis, mes amis ! Je vous en prie ! Un peu de calme ! »

La conversation roulait précisément sur les prochaines élections dont l'échéance se rapprochait sensiblement. Et il s'agissait de pas les louper celles-là ! C'est que ça représentait un enjeu de poids, le programme d'aménagement du port et de reconstruction de la vieille ville !

Et c'était justement le but de ces retrouvailles autour de la table Moer. Pas seulement communier au foie gras et au sauternes et réjouir les papilles de Cochonou-grandes-dents. Il s'agissait encore de déterminer un plan de campagne, une façon fiable et ordonnée de monter à la bataille en éliminant tout risque de voir surgir un outsider qui fiche tout par terre et rafle la mise. Un truc solide, verrouillé, du béton, voilà ce qu'il leur fallait.

Le Moer avait bien sûr tout intérêt à soutenir l'autre. Il détenait à lui tout seul plus de 20% des parts du programme immobilier de reconstruction, sans parler de la plus-value que l'opération donnerait au terrain de l'ancienne usine, lequel passerait alors en zone constructible. Il aurait bien sûr aimé suivre la chose d'un peu plus près et participer lui-même à l'équipe municipale, mais il n'en avait ni le temps ni l'énergie. D'où cette idée lumineuse de caser Edmond, le gendre, en attente de génie et d'héritage, en en faisant le suppléant de Bailey.

Ainsi la population s'habituerait-elle à sa tête et son nom, et sa présence sur les affiches, sur les estrades des meetings, dans la salle municipale. Plus tard, à la fin de ce mandat ou au début du suivant, il suffirait que Bailey fasse le coup du grand âge et passe la main, pour qu'aussitôt Edmond prenne la place.

Bien sûr, au fond de sa petite tête de pharmacien, Bailey pouvait avoir pensé à fiston pour la relève. Mais nulle part il n'était dit que maire était une charge héréditaire ; de plus fiston avait d'abord à apprendre à limiter à table le concert des slurp-scrouch et la projection de comestibles tous azimuts, avant de prétendre à de hautes responsabilités civiques.

De toute façon, c'était du donnant-donnant. L'altruisme ici n'était pas de mise. À prendre ou à laisser : je pousse une fois encore vos grosses fesses sur le fauteuil de l'Hôtel de Ville, et vous me rendez la politesse en octroyant un strapontin à Edmond.

C'était pas trop mal goupillé. Les deux chefs de clans semblaient plutôt contents d'eux, levant simultanément leurs deux verres et clignant de l'œil. Edmond lui aussi clignait de l'œil avec un sourire entendu ; mais avait-il vraiment compris quelque chose ? Fiston-Grandes-Dents continuait à se bâfrer plein régime, poursuivant son intéressante décoration de la nappe et du tapis. Madame Bailey qui s'emmerdait gravement buvait pour essayer de passer le temps et Madame Moer, qui n'aimait pas boire, s'emmerdait sans palliatif.

En contrebas dans le jardin, les chiens aboyèrent.

Ce fût là pour la Moer un prétexte inespéré pour se lever de table :

— Je reviens !

Grand-Paul venait de balancer par-dessus le mur le bouquin acheté au Dépôt. Il l'avait enveloppé dans un papier et écrit dessus « Papa ».

Et une fois de plus, les chiens s'étaient rués, aboyant tout leur saoul.

Jacques, l'un des domestiques, était accouru. Il récupéra le paquet à demi déchiqueté que s'arrachaient les chiens, et en devina aussitôt l'origine :

— Encore l'autre crétin ! Cette espèce de fou…

Du papier lacéré surgissait une image aux couleurs vives : la couverture d'un livre pour gosses, un roman à la jaquette un peu défraîchie : *Les vacances de Rose.*

Dans le fond, le bouquin il pouvait très bien le ramener à sa propre gamine, jeudi pour son congé ! Il allait le glisser dans la poche de son vaste tablier lorsqu'un sixième sens lui fit tourner la tête.

Là-haut à l'étage, à la fenêtre de la salle, Madame fixement le regardait.

Il se retourna alors franchement vers elle et agita le livre.

Elle lui répondit par un imperceptible signe de tête :

— J'arrive !

— Vieille conne ! pensa en lui-même le larbin contrarié.

13

Madame Moer monta jusqu'au second étage, le livre serré sur sa poitrine maigre. Elle entra dans la chambre dite chambre bleue – rapport à la couleur des murs – ou encore chambre d'ami – rapport à on se sait trop quoi –, et fit courir sa main sur la corniche de l'armoire pour attraper la clé qui y était dissimulée.

Les gonds grincèrent et la double porte en s'ouvrant révéla un vrai petit musée de poupées, de baigneurs, d'ours et de peluches diverses, d'automates en métal et de livres. Il y avait même un ballon, un voilier aux mâts brisés et un cerf-volant en partie déchiqueté par les crocs des chiens. Les objets – une bonne centaine en tout – étaient rangés par catégories sur les différentes étagères de l'armoire, les poupées avec les poupées, les nounours entre eux. *Les vacances de Rose* alla rejoindre la douzaine de livres pour enfants qui formaient une petite pile sur l'étagère supérieure.

Tout en bas, dans le fond de l'armoire, quelques-uns des emballages avaient été conservés, sommairement repliés sur eux-mêmes et portant tous la même inscription en lettres majuscules : « Papa ».

La grand-mère resta quelques instants face à l'armoire ouverte à contempler ce singulier et douloureux trésor : pourquoi diable ne pouvait-elle se résoudre à détruire ou jeter tout ça ? Il ne pouvait rien en résulter de bon...

Lentement, comme à regret, elle rabattit la porte et remit la clé sur la corniche.

En bas, venant du hall, résonnaient des bruits de voix, principalement celle de Bailey, habitué sans doute à parler fort pour que lors des réunions et des meetings même les rangs du fond profitent de sa bonne parole.

Qu'allait-elle bien pouvoir faire pour retarder encore de quelques instants le moment de les rejoindre ?

Elle descendit une première batterie de marches et emprunta le couloir du premier : elle allait vérifier que la petite dormait bien...

Justement, la fillette ne dormait pas ; elle s'était pelotonnée dans son lit, les genoux remontés contre le menton, le drap et la couverture tirés sur elle, ne laissant apparaître dans la pénombre de la pièce que l'éclat doré des yeux sous la frange brune des cheveux.

—Marie-Sophie ? Que se passe-t-il ? Vous ne dormez pas ? Vous savez l'heure qu'il est ?

—J'arrive pas à dormir...

—Vous n'arrivez pas à dormir ? Quelle bêtise ! Tout le monde arrive à dormir ! Il suffit juste de le vouloir et de fermer les yeux !

—Quand je ferme les yeux, j'ai peur !
—Peur ? Mais de quoi ?
—De lui.
La grand-mère fronça le sourcil :
—Qui ça lui ?
—Je ne sais pas son nom, son vrai nom. Je l'appelle Grand-Œil parce que quand il passe en bas, il regarde vers la maison, vers moi avec des yeux grand ouverts, qui ne bougent pas et qui font peur…
Madame Moer était perdue :
—Mais ? De qui parlez-vous ? C'est encore quelqu'un que vous avez inventé comme votre Carbit ou cette Jolie-Belle ?
—Oh non ! Lui, je ne l'ai pas inventé, il existe ! J'invente que des gentils !…
la petite poursuivit :
—Il est passé tout à l'heure. Je l'ai vu en bas sur la route. Il a longtemps regardé ici, mais bien sûr je me suis cachée… Alors il a jeté quelque chose par-dessus le mur et Nestor et Néron sont arrivés en aboyant.
« Mon Dieu ! pensa en elle-même la grand-mère, que le hasard peut-être cruel ! » … Mais était-ce bien le hasard ? Et puis n'était-ce pas mieux comme ceci ?
« Quand même, songea-t-elle. Ce pauvre bougre me fait pitié ! »

Un peu plus loin, sous la lune verte, le pauvre bougre et son ami Ti-Paul redescendaient vers la vieille ville.
Ti-Paul, sans savoir trop précisément où sa réflexion les mènerait, tentait néanmoins de faire évoluer la situation :

— Il va falloir faire quelque chose. Tu ne peux pas continuer comme ça à balancer tes trucs par-dessus le mur et t'en aller !

Grand-Paul semblait ne pas comprendre :

— Pourquoi ?

— Parce que ça mène nulle part ! Ta gamine, Rose, tu ne l'as pas vue depuis combien de temps ?

— Elle avait 8 mois, quand les vieux l'ont reprise…

— Donc elle ne se souvient pas du tout de toi.

— Non.

— D'après ce que tu m'as raconté, elle ne sait même pas que t'existes. Elle croit que son père c'est l'autre gominé, le Édouard, Edmond de Machin-Chose. Pas vrai ?

— Si !… Mais justement, les trucs que je lui jette, dessus, je marque que c'est moi son papa…

— Pourquoi te croirait-elle ? Elle doit te prendre pour un fou !

Ti-Paul cette fois enfonçait le clou, même si ça ne faisait guère plaisir à son ami :

— … Et puis es-tu sûr qu'elle les aie, les machins que tu balances ? Il y a là-dedans une foule de jardiniers et de larbins ! Ce sont eux qui la plupart du temps doivent les ramasser tes cadeaux !

— Et tu crois qu'ils les gardent ?

— Edmond ou les grands-parents ont très bien pu donner des ordres…

— Alors elle n'aurait rien eu ? Ils auraient jeté tous mes…

Un grand désarroi chavirait le visage du colosse : sa large mâchoire et son grand nez tremblaient, sa main gauche martyrisait sa droite, ses dents se serraient, une lueur humide brilla dans son regard.

L'instant d'après, c'était la fureur qui éclatait :

— Les fumiers ! Les salopards ! Je vais leur péter leurs sales gueules à ces enfoirés !

Ti-Paul le retint :

— Attends ! Ne fais pas de connerie ! Ça ne sert à rien ! Souviens-toi les fois où tu es passé par-dessus leur mur, comment ça s'est fini ! Il faut d'abord réfléchir. Établir un plan…

— Un plan pour faire quoi ?

— Rose, il faut que tu la voies. Que tu la voies et que tu lui parles !

Une hésitation passa sur son visage :

— Je lui dirais quoi ?

— Ben que t'es son père. Son vrai père. Que tu l'aimes ! Est-ce que je sais, moi ? C'est ta môme, pas la mienne !

Grand-Paul réfléchissait :

— Et si j'arrive pas à parler ? Tu sais bien que je ne sais pas trop… Les mots, c'est difficile… Si elle ne comprend pas ?

— C'est un risque à courir. Il faut essayer…

— Tu m'aideras ?

— D'accord, je vais essayer. Ce soir on en parlera aux autres…

14

Après avoir assuré leurs livraisons nocturnes, souterraines et illicites, les deux Paul se rendirent au Maryland. Sur leur chemin, deux nouvelles façades venaient d'être murées.

« Ça aussi, faudrait qu'on en cause », se dit Ti-Paul…

Il y avait du monde ce soir-là, sous le néon rose du bar. Polky, Irène, le flic habituel, mais encore Charles et Georges les grutiers, Viviane, une collègue d'Irène, accompagnée d'un client potentiel qui leur payait à boire, plus une poignée de touristes auxquels Polky, monté sur une chaise, faisait son numéro :

—… Car comme le dit le poète, *Chacun tue ce qu'il aime*, et c'est ainsi, comme Tip et tous les personnages de ce récit, que nous-mêmes chaque jour nous assassinons nos amours, nous rejetons à la mer nos démons les plus chers !

—Qu'est-ce qu'il dit ? demanda une étrangère.

—Rien, rien fit son compagnon, levant et agitant son verre à l'attention de Bert :

—Hé ! Le patron !

À côté de Bert, le flic pressait un petit bouton sur le dessus de son pouce pour tenter d'extraire l'écharde qui s'y était infectée.

Les deux Paul s'installèrent au comptoir, s'écartant au maximum de lui. Dans sa poche de pantalon, Ti-Paul sentait le revolver battre contre sa cuisse à chacun de ses pas, et cela lui donnait, à défaut de sabre d'abordage ou de pavillon noir, la jubilatoire sensation d'appartenir pour de bon à la tribu Leroy-Latour.

Fort de cette appartenance, il sortit un crayon et un papier de sa veste et se mit à écrire. Grand-Paul se pencha sur le papier :

— Qu'est-ce que c'est ?

— Les gens présents à la villa. Ceux qui d'habitude y habitent…

Ti-Paul avait noté : Rose, Edmond, Grand-Père, Grand-Mère, jardinier…

— Qui d'autre ? demanda-t-il à son ami.

— Le chauffeur… Des larbins… Deux ou trois, dont un maître d'hôtel.

— Une gouvernante ?

— Non, je crois pas…

— Et la petite ? Qui s'en occupe ?

— Elle a une sorte d'institutrice qui vient, une préceptrice ; mais elle n'habite pas là…

— Et les chiens ?

— Eux si, ils habitent là !

— Amusant ! fit Ti-Paul. Combien y en a-t-il de cabots ?

—Deux, mais des gros modèles ! De belles saloperies ! Je peux te dire que quand ils attaquent et qu'ils te mordent, ils font pas semblant !

Instinctivement, Grand-Paul se passa une main sur le gras de la fesse. Car le gras de sa fesse s'en souvenait des dents des cabots !

Ti-Paul contemplait dubitativement sa liste de noms :

—Les domestiques, ils ont obligatoirement des jours de congé. Ils sont pas là tous ensemble... Edmond lui aussi il doit sortir certains soirs ?

—Ouais, ajouta Grand-Paul, le vieux aussi, et même sa femme parfois. Il y a des soirs, elle vient avec lui, je les ai vus partir ensemble...

—Ce qu'il faut, fit Ti-Paul, c'est trouver le moment où il y aura le moins de monde. Ensuite il faudra aller très vite. Le plus vite possible...

—On ira tous les deux ?

—Vaudrait mieux être un peu plus. On pourrait demander à Polky...

—Et Bert ?

—On peut aussi, oui...

—Et pour les clébards ? Comment on fera ?

—J'en sais encore fichtre rien. Faudra trouver...

Dans sa poche, le pistolet continuait à battre sur sa cuisse lorsqu'il bougeait contre le bar : bien sûr en cas extrême...

Plus loin Polky continuait son numéro. Bert, lui, approvisionnait en whiskies, en bières et en liqueurs la table de touristes dont le dramaturge aux lorgnons crasseux assurait l'animation culturelle.

Après avoir donné dans le théâtral puis le poétique, l'homme abordait maintenant le genre autobiographique, évoquant avec émotion les années de douleur et d'exode qui avaient forgé son tempérament et prévalu à la réalisation de son grand œuvre.

Ainsi emmenait-il derrière lui son groupe de touristes imbibés sur les routes défoncées d'un exode lointain, à l'ombre de quelques hautes montagnes peuplées de terroristes sanguinaires. Il était petiot et sale, les larmes de son désespoir traçaient des sillons blancs dans la crasse de son museau d'enfant.

Et Petit-Polky avançait ainsi, dans la misère du monde, dans la violence du temps, suçant son pouce et s'accrochant de l'autre main aux jupes d'une vieille édentée qui parlait une langue gutturale aujourd'hui oubliée. Autour d'eux le monde grondait et des cratères de bombes, des abîmes s'ouvraient. Des avions piquaient, des canons tonnaient, des maisons brûlaient. Au loin des cloches sonnaient le tocsin. Plus près c'était la sirène d'une usine en feu. Plus près encore un animal hurlant à la mort…

Polky s'animait ainsi formidablement dans l'évocation des drames de ce temps reculé. Quelle importance au fond qu'ils n'aient peut-être jamais eu lieu ?

Accoudés au comptoir, les deux Paul observaient leur ami avec un léger sourire : c'est qu'il en devenait presque beau, dans ces moments-là, le Polky ! Avec sa barbiche hérissée, son index vrillant la fumée, l'œil roulant derrière le verre du lorgnon, la cravate-ficelle battant le rythme sur le plastron douteux, sa voix tour à tour sourde et métallique, profonde et aiguë, et ses attitudes de tribun, on eût vraiment dit quelque révolutionnaire de l'ancien temps poussant les peuples à la révolte !

—Ah, ce Polky ! fit Ti-Paul. Quel sacré clown !

Mais il y avait dans son regard une vraie tendresse pour l'olibrius.

15

La lune verte s'en était allée derrière les horizons marins, et son compère le soleil, vert lui aussi, avait surgi, grimpant rapidement haut dans les nuées.

Au 11 de la rue Vieille, dans leur « placard », Grand-Paul préparait le café.

— Ti-Paul ! Hé ! Debout ! Petit Déj' !

Dans la chambre de l'intéressé, ça ne bougeait pas beaucoup.

Grand-Paul donna deux ou trois coups de poings sur la porte puis l'ouvrit. Le lit était vide.

D'un pas triste, il reprit le chemin de la cuisine et du café matinal solitaire.

Depuis quelques temps, Ti-Paul devenait bizarre. C'est du moins l'impression qu'il avait. Ça avait commencé il y a une semaine ou deux. Lorsqu'ils acheminaient leurs livraisons dans le souterrain, Ti-Paul soudainement l'abandonnait sur place et filait par d'autres galeries que Grand-Paul connaissait mal.

— Rentre ! M'attends pas ! Je te rejoins tout à l'heure !

Grand-Paul n'attendait pas. Il obéissait, il rentrait. Un peu triste, c'est tout…

Et puis ces derniers jours, ça s'était accéléré. Ce n'était plus seulement dans les souterrains, c'était partout que son pote avait à faire. À n'importe quel moment de la journée, il se découvrait une visite à rendre, un truc à faire, et il le plantait là, sans plus d'explications !

Et si Grand-Paul n'osait pas trop faire de remarque, c'est qu'il se disait que les bizarreries de son camarade, ses agissements nouveaux avaient peut-être un rapport direct avec la préparation du coup de main concernant Rose et la villa.

Ç'eût été alors franchement malvenu de rouspéter.

Alors le balèze ne disait rien. Mais il se sentait un peu gris de la tête, tristouille de l'amitié…

Inséparables, qu'il avait pourtant dit Ti-Paul ! Mais n'avait-il pas dit aussi, que parfois les inséparables se séparaient ?

— Non, je n'ai pas le droit de penser ça…

Grand-Paul finit lentement son petit déjeuner solitaire. Seuls les scronch de son énorme mâchoire pulvérisant les biscottes mettaient un peu d'animation et de vie dans le placard silencieux…

Grand-Paul pourtant avait vu juste. C'était bien pour organiser au mieux leur expédition à la villa que depuis plusieurs jours le Ti-Paul se baladait solo, interrogeait perso, questionnait le zozo, se rencardait discréto sur les us et coutumes de Moer and co.

Déjà Polky et Bert avaient donné leur accord pour être de la fête le soir de l'expédition. Bert avait même prêté à Ti-Paul sa voiture, une antédiluvienne Wyndham à trois roues, avec laquelle ils arpentaient la campagne alentour, Lucie et lui, du temps de leur splendeur, des années de bonheur, bref avant la tache...

Quant à Polky, en échange de sa participation à l'aventure, il s'était réservé tous droits d'adaptation théâtrale et de novélisation de l'expédition...

Grâce à la Wyndham vert bouteille que Bert archivait dans son box depuis près d'un quart de siècle, Ti-Paul pouvait aller opérer rapidement des repérages de la villa et de ses environs, à toute heure du jour et de la nuit, aussi souvent qu'il voulait...

Arrivé sur place, il garait la petite voiture sur le bas-côté de la route, contre une minuscule cabane de chantier où les cantonniers remisaient leurs outils.

Ainsi placée, on ne la voyait pas des fenêtres de la villa. Du moins le pensait-il. Et puis il inclinait le siège et se laissait glisser contre celui-ci : les passants s'imaginaient la voiture vide.

Il avait pu alors observer tranquillement les allées et venues des habitants de la villa et noter leurs horaires dans un carnet.

Celui qui sortait le plus : Moer. Départ tous les matins à 9h45, retour le soir vers les 6 heures. De temps en temps, aller-retour le midi pour déjeuner *at home*.

Celle qui sortait le moins : la gamine. Et le moins voulait dire pas du tout du tout. Le jamais intégral ! C'était la préceptrice qui venait à elle… Le médecin et le coiffeur aussi, apprit-il plus tard.

La Daumez repartait tous les soirs à 5 heures, un peu avant le retour de Monsieur.

Quant aux mouvements du gendre, le fameux Edmond, ils étaient totalement aléatoires. Le gonze pouvait rester 3 jours au bord de la piscine à faire le gros lézard sur une chaise longue, et puis tout à coup une crise de bougeotte le saisissait et il zébulait à pleine turbine au volant de son petit cabriolet rouge, allant par monts et par vaux, vrombissant à toute heure et à toute allure !

Madame, elle, sortait peu : parfois quelques courses, le matin, le coiffeur, la manucure… Rarement l'après-midi… Et certains soirs bien sûr avec Monsieur…

Enfin en ce qui concernait les larbins, ils étaient quatre ; quatre en temps normal à habiter à demeure. Mais l'un d'eux venait de se faire renvoyer et il n'avait pas encore été remplacé. De plus, comme l'été approchait, l'un des trois allait certainement prendre la tangente. En resterait alors deux… Deux qui comme tout le monde avaient droit à un jour ou deux de congé hebdomadaire, n'est-ce pas ?

Ce qui voulait donc dire que tout bientôt, certains soirs il n'y aurait plus qu'un seul pingouin à garder le rocher. Plus les chiens, bien sûr…

Un larbin et combien du côté des maîtres ?… Ti-Paul avait noté que Moer s'absentait un soir ou deux par semaine, ne rentrant qu'assez tard dans la nuit. Entre minuit et une heure, le jeudi ou le vendredi généralement. Le samedi parfois aussi, alors en compagnie de Madame…

Or le samedi semblait bien être également le jour de repos du maître d'hôtel… Restait à savoir quel samedi Moer and Moer(e) iraient jouer aux mondanités. Et ça, du fond de sa Wyndham planquée derrière les gravillons, Ti-Paul n'en percevait aucun signe annonciateur…

Et puis il eut cette idée toute simple et pourtant lumineuse : retrouver le larbin qui s'était fait virer. Bien sûr restait à espérer qu'il ne soit pas parti noyer son chagrin à l'autre bout du monde.

Mais non, il n'en était rien ! Le gars habitait toujours là, à deux pas et trois verres de la rue Vieille. Il avait lui aussi ses habitudes gastronomiques chez Roger et levait le coude dans tous les rades du port.

Mis au parfum, l'ami taulier le lui présenta sous quelque oiseux prétexte – l'appartenance à la grande famille des leveurs de coude, peut-être ? – et l'autre qui n'avait pas digéré d'être viré comme un malpropre se lança avec un bonheur méchant dans une description précise des (sales) usages et (mauvaises) habitudes de ces salauds de riches.

En moins d'une heure, Paul apprit tout ce qu'il voulait savoir.

16

—Le 11 !

—Quoi le 11 ?

—Ce sera le 11, notre affaire ! Dans quinze jours, un samedi ! expliqua Ti-Paul à son ami. Ce soir-là, les Moer seront de sortie et en principe il n'y aura qu'un seul larbin. Dans la maison ils devraient donc n'être que trois : le larbin, le gendre et Rose…

Les deux Paul s'étaient donné rendez-vous sur la petite plage côté est, là où Leroy-Latour avait débarqué avec ses pirates. Un lieu hautement symbolique.

C'était une après-midi venteuse et Ti-Paul luttait tout à la fois contre les bourrasques qui tournaient les pages de son carnet et le sable qui pénétrait sous les paupières.

—Je croyais qu'ils étaient beaucoup plus nombreux, les larbins ! remarqua Grand-Paul.

—Quatre d'habitude. Moins un qui a été viré, moins un autre qui est en vacances, moins un troisième qui a congé le samedi. Tu fais le calcul…

— Et Moer ?

— Une soirée de gala à son club, à Ouisam. Ça n'a lieu qu'une fois par an. Jamais il n'en a raté une ! Ils devraient partir vers les huit heures et ne pas rentrer avant minuit !

— Et les chiens ?

— C'est le plus emmerdant. Mais j'ai une idée…

— Quoi ?

— Des boulettes. Leur balancer des boulettes de bidoche…

— Empoisonnées ?

— Pas automatiquement du poison… Un truc pour dormir devrait suffire…

— Et si ça ne marche pas ? S'ils ne s'endorment pas ? Ou pas assez vite ?

— On fera des essais avec d'autres… On a encore le temps…

Ti-Paul ouvrit son carnet et Grand-Paul se pencha vers celui-ci.

— J'ai fait des crobards de ce à quoi ça ressemble à l'intérieur…

— Tu y es entré ?

— Non, mais on m'a raconté… Regarde… La chambre de la petite est là, à l'étage…

À l'étage, dans sa chambre, la petite s'ennuyait. Il était 5 heures. Mademoiselle Daumez venait de partir, lui laissant une masse de pages à relire, de leçons à apprendre et d'exercices, dont la seule perspective l'assommait.

Aussi traînait-elle, de son lit à son bureau, de celui-ci à sa fenêtre, sans se décider ni à se mettre au travail, ni à jouer.

Par la fenêtre on entrevoyait, entre les cimes des arbres et le haut du mur du jardin, la route monter plus loin et tourner…

Elle observa, juste avant le premier coude de la chaussée, la cabane des cantonniers et le tas de gravillon. Mais cette fois-ci la marante petite voiture verte n'était pas là… Dommage, elle était vraiment rigolote… Le genre de voiture qui leur irait bien, à elle et à Jolie-Belle, pour partir se promener et découvrir le monde… Elles emmèneraient aussi Gentil-Nours avec elles… Et puis elles mettraient dans le coffre de la voiture plein de bonnes choses à manger et à boire… des sirops, des macarons, du lait d'amande, des chocolats… Elles feraient des pique-niques, elles…

— Marie-Sophie !

La voix de sa grand-mère interrompit sa rêverie.

— Votre goûter est prêt.

À regret, la fillette quitta sa chambre :

— Me voilà !

Le goûter, ici, était une chose désespérante pour les enfants. Il consistait exclusivement en un vaste bol de flocons d'avoine trempant dans du lait. Et bien sûr Marie-Sophie détestait et les flocons d'avoine et le lait !

Bert, lui, détestait être seul dans son café comme c'était le cas en ce moment. Parce que les doutes alors l'assaillaient. Et parfois aussi des bouffées de désespoir. Revenait l'ombre de Lucie et de leur bonheur enfui… Si seulement il pouvait se souvenir de ce qui s'était passé entre eux ! Était-il vraiment possible qu'il l'aie tuée ? Polky le croyait, lui. Il avait écrit un machin qui s'appelait *Chacun tue ce qu'il aime*… Et s'il ne l'avait pas tuée, était-ce plus supportable d'imaginer qu'elle s'était enfuie avec un autre ? Qu'elle l'avait abandonné ?

Pourquoi avait-il fallu que leur vie à tous les deux et la sienne aujourd'hui sombrent ainsi dans le cauchemar ?

Peut-être eût-il fallu qu'il s'arrache au Maryland, à la vieille ville et au port et qu'il traverse les mers pour aller voir si elle était bien aux Îles Dorées, si elle y était vivante et heureuse ? Qui sait : peut-être voudrait-elle encore de lui ? Et peut-être alors le temps inverserait-il son cours, lui faisant retrouver le fil de sa jeunesse perdue, noyée dans le quotidien de son malheur ? D'un coup alors, s'évanouiraient ses bajoues et son bedon ! Ses cheveux reviendaient, et ses muscles aussi ! Son œil serait vif, sa voix plus claire. Il retrouverait le rire et la joie. Le vautour couché sur ses poumons et qui l'écrasait depuis si longtemps enfin s'envolerait…

—Ding !

La porte du café s'ouvrit et Polky entra, tenant contre lui deux ou trois gros cahiers à spirale, tachés et cornés. Il s'en vint vers le comptoir serrer la main de Bert :

—Tu as vu, rue de l'Abbaye : ils viennent de commencer à murer les maisons du bas ! Tout est exproprié ! On sera bientôt les derniers…

—Ouais, fit Bert avec lassitude, on sera les derniers et on y passera aussi…

À la lueur rose des néons de son Maryland, il supportait son malheur. Mais qu'adviendrait-il de lui si on l'en chassait ?

—Je me mets dans le fond. Tu me fais un café ?

En soupirant Bert enclencha l'antique percolateur.

—Installe-toi. Je te l'apporte…

Irène les rejoignit quelques minutes plus tard. Les affaires ne devaient pas être bonnes pour qu'elle rentre de si bonne heure. Elle demanda un petit anis. Le moral non plus ne devait pas être au mieux…

—Y crève, ce patelin ! fit elle en portant le petit verre à ses lèvres peintes rouge sombre, presque noir, y'a plus un homme à traîner ! Plus de marins, plus de dockers ! Aujourd'hui même pas vu un touriste ! On va finir par se retrouver seuls ! On sera les derniers ! Je ferais peut-être bien de repartir…

Les yeux fixés sur l'horizon anisé de son petit verre, elle continua :

—Je pourrais redescendre dans le sud et retrouver un job comme avant, dans une maison. Je connais encore du monde…

Au fond de la salle, Polky leva par-dessus ses cahiers un œil ironique et malicieux vers la fille.

Il faillit dire quelque chose mais se ravisa…

—Ouais, conclut Bert. Partir…

Mais personne ne comprit trop bien si c'était là de sa part un regret ou un souhait…

17

C'était une belle nuit. Une belle nuit verte sur la presqu'île et la vieille cité.

Dans sa chambre rose de la villa Moer, Marie-Sophie ne dormait pas. Alors pour se désennuyer de la contemplation du drapé des rideaux et des moulures du plafond, elle se racontait des histoires. À elle et à Gentil-Nours qu'elle tenait dans ses bras.

Avec Jolie-Belle, ils avaient tous les trois pris la petite voiture verte qui se garait parfois derrière le tas de gravillon, et ils étaient partis en vacances, loin de la chambre rose, de la villa, de grand-père et grand-mère… C'était elle qui conduisait, et elle était une vraie championne. À ses côtés, ses deux amis n'avaient même pas peur. Même quand elle allait très vite et qu'elle s'envolait un peu ! Il faut dire que c'était une voiture magique qui pouvait se transformer en avion et voler. En bateau, aussi !

Derrière le siège du conducteur s'ouvrait un couloir qui menait dans une petite cuisine où l'on pouvait se préparer des goûters formidables avec du chocolat et du lait d'amande. Et puis encore derrière, il y avait une vraie salle de bal avec un orchestre. Une vraie voiture magique, en vérité !

Quand Marie-Sophie était fatiguée de conduire, elle confiait le volant à Gentil-Nours et allait dans la cuisine se préparer quelque chose à manger. Puis avec Jolie-Belle elle étudiait la carte.

Car leur voyage avait un but précis : aller à la télévision pour y retrouver la maman de Marie-Sophie.

Celle-ci en fait n'était pas morte. On lui avait raconté des bêtises, de méchantes bêtises pour lui faire de la peine. En réalité, les mamans ne meurent pas. La sienne, elle l'avait vue un soir à la télévision, si belle, si blonde. Et tout le temps de l'émission, elle lui avait bien fait comprendre en la fixant que c'était à elle et à elle seule, Marie-Sophie, sa fille, qu'elle s'adressait !

Pourquoi était-elle à la télévision et ne revenait-elle pas à la villa ? Mystère ! Peut-être était-elle prisonnière ? Il y avait là, autour d'elle, comme une conspiration, un secret bien gardé. Personne par exemple n'avait manifesté une quelconque réaction quand sa maman était apparue sur l'écran. Se pouvait-il vraiment qu'ils ne l'aient pas reconnue ? Curieux en vérité ! Grand-père et grand-mère n'auraient pas reconnu leur propre fille ? Ni papa son amoureuse ?

Tout cela semblait bien étrange !

... À moins bien sûr que grand-père et grand-mère ne soient pas ses véritables grands-parents et papa pas son véritable père ?

De toute façon tout ceci allait bientôt être éclairci !... Dès qu'elle retrouverait Maman !

Elle serra plus fortement Gentil-Nours contre elle, et souriant à sa bonne fortune, s'endormit enfin...

C'était une belle nuit, oui ! Et un grand jour, aussi. Celui retenu de longue date : le 11, et il était maintenant trop tard pour reculer, l'opération était lancée…

D'abord c'était Ti-Paul qui était arrivé, au volant de la Wyndham. Il l'avait cette fois garée un peu plus loin, en contrebas de la villa, faisant à pied les quelques centaines de mètres restant. Contre lui, enveloppé à l'intérieur d'un journal, il apportait un bon kilo de morceaux de bœuf dans lesquels il venait d'injecter une forte dose de somnifère. L'essai préalable réalisé sur le bouledogue des voisins avait été parfaitement concluant…

Il arriva devant la villa juste à temps pour voir le portail se refermer et la grosse berline noire de Moer tourner au bout de la route.

« Parfait ! » se dit Ti-Paul.

Il s'approcha discrètement. Les pas du larbin qui avait refermé la grille s'éloignaient sur le gravillon et une porte fut claquée. Ce devait être celle de son logement au rez-de-chaussée, contre le garage…

Mais rien ne trahissait la présence des chiens. Avaient-ils cette nuit été enfermés ?

Ti-Paul se pencha pour regarder par dessous le portail. Ses pieds ripèrent sur des graviers et aussitôt d'énormes aboiements retentirent. Les deux molosses arrivaient sur lui, à toute allure.

Ti-Paul déjà ouvrait son journal. Il balança les bouchées de viande, haut par-dessus la grille. Mais les chiens semblaient n'en avoir cure ! Ils continuaient à aboyer férocement et à bondir violemment contre le portail. Inquiet qu'ils puissent alarmer ou réveiller quelqu'un et que le quelqu'un vienne voir ce qui se passe, Ti-Paul battit en retraite.

Les aboiements s'espacèrent puis cessèrent.

Caché derrière un groupe d'arbustes, Ti-Paul sortit sa vieille montre. Un peu plus de 9 heures.

Les autres allaient arriver dans une dizaine de minutes. Ils avaient pour l'occasion emprunté le vieil « Isobloc » dont Roger se servait autrefois pour s'approvisionner lui-même aux Halles.

Ti-Paul rangea sa montre et sortit la feuille de papier sur laquelle il avait noté le plan de la maison.

À l'intérieur, le premier à neutraliser serait le serviteur. Ce devait être Mario. Le jardiner. Un brave type selon son ex-collègue. Brave mais ne faisant pas de zèle intempestif. Il ne devait donc pas être du genre à jouer les héros à gros bras…

Ti-Paul tendit l'oreille. Il avait cru précédemment entendre les bruits de mastication et de déglutition des chiens. Mais maintenant, on n'entendait plus rien…

Il laissa encore passer deux minutes puis s'approcha précautionneusement de la clôture. Silence total. Sous le portail, deux grosses masses sombres lui bouchaient la vue. Les dogues dormaient tout leur saoul.

« Première étape ! » se dit Ti-Paul avec satisfaction.

… Celle sans doute qu'éprouvait Leroy-Latour lors des abordages, quand les grapins de ses hommes se prenaient dans les haubans de l'ennemi.

En contrebas, sur la route, un moteur fatigué se fit entendre et Ti-Paul entrevit la lueur encore lointaine d'un phare :

« L'Isobloc ! Les voilà ! »

« Yaooo ! À l'abordage ! » s'exclama silencieusement le pirate.

À l'intérieur de sa poche de pantalon, le petit revolver battait contre sa cuisse...

18

Dans le salon de la villa, Edmond, avachi dans le grand canapé de cuir, regardait la télévision et bâillait. Il avait profité de l'absence du père Moer pour se mettre à l'aise ; dépoitraillé jusqu'au nombril, chaussures abandonnées sur le tapis, et les pieds nus sur la table basse, il buvait à même le goulot la réserve personnelle de beau-papa, un petit cognac pas dégueulasse de quarante ans d'âge…

Mais les programmes de ce soir-là ne le passionnaient pas, et il ne faisait que retarder l'heure d'aller se coucher…

Quelle heure au fait ?

Il jeta un regard fatigué sur son bracelet-montre : 9 heures 20…

Oui, c'était quand même un peu tôt pour se mettre au lit… Il bâilla une nouvelle fois et à nouveau s'envoya une rincée de cognac :

« Santé, Machin ! Et merci pour la tournée ! »

Dans sa chambre, Madame achevait de se déshabiller. Elle venait d'aller voir la petite. Celle-ci dormait. Elle allait en faire autant, mais après avoir lu quelques pages de son livre, le dernier roman de Magareth Mérédith, *La femme dans les roseaux*. C'était la romanesque histoire d'une femme de 40 ans se retrouvant seule, suite à moult malheurs et désillusions, dans une immense propriété près d'un étang, dans la région la plus sauvage du Dafrey.

Et le quotidien solitaire de cette femme, comme son passé riche d'aventures et de passions, était évoqué avec une sensibilité, une tendresse, un charme aussi, qui touchait infiniment Madame Moer…

… Comme si elle retrouvait là des fragments de sa propre vie… de ses rêveries secrètes aussi : ce que sans doute elle aurait aimé vivre autrefois, aux heures de l'existence où le champ des possibles est encore vaste, où le futur n'est que virtualité, où il suffit d'un rien pour que la vie bascule et que tout se transforme…

Magareth Mérédith avait-elle vécu elle-même une existence aussi riche et tourmentée que celles de ses héroïnes ? Ou bien inventait-elle de toutes pièces ces destins singuliers ?

Madame Moer se glissa sous le drap frais avec bonheur. Le dos calé par l'oreiller, le livre dans le halo doré de la lampe de chevet, elle mêla à nouveau avec délice son destin à celui de Maggie Lee, la solitaire héroïne de *La femme dans les roseaux*.

Sur la toile cirée recouvrant la petite table, le vieux réveil mécanique indiquait 9 heures 21. Face à celui-ci, Mario le jardinier s'appliquait sur sa lettre mensuelle à ses vieux parents, restés tout là-bas, au Sud, dans les campagnes désertifiées, dans le village à l'abandon…

« Mes chers parents… – ainsi commençait le courrier –, Mes chers parents… »

Mario réfléchissait en mordant le bout de son stylo ; l'écriture n'était pas son fort. Et puis quoi leur dire à ses chers parents ?

… Qu'il avait un pincement au cœur en pensant à eux et au village ? Et qu'il aimerait bien y être en ce moment au village, plutôt qu'ici ? Mais que malgré le pincement et tout ça, eh bien il ne viendrait pas plus cet été que les précédents ? Parce que c'était trop loin et qu'il n'avait que quinze jours ? Et qu'il préférait faire l'andouille au soleil dans une station de bord de mer, avec Mary-Ann ou une autre, à dépenser ce qu'il avait difficilement mis de côté, plutôt que d'aller les embrasser ? Malgré le fait qu'un jour ce serait trop tard pour les embrassades et les souvenirs ? Qu'ils ne seraient plus là et que comme eux le village non plus ne serait plus là ? Que sous le soleil, il n'y aurait plus que des ruines et des tombes, et des ronces pour les envahir ?…

Oui, tout cela Mario le voyait clairement et il en ressentait une peine, une tristesse profonde… Pourquoi alors cela ne changeait-il rien à l'organisation de ses vacances ou à l'écriture de sa lettre ?

Il ravala sa salive et resserra le stylo entre l'index et le majeur. Celui-ci lentement reprit son cheminement sur le bloc de papier à lettre :

« … Mes chers parents, il fait beau et le jardin pousse plutôt bien… »

Mario redressa brusquement la tête.

« Graaat… Graat… »

Il ne rêvait pas. Quelqu'un grattait à la porte !

Qui cela pouvait-il être ? Madame ou Monsieur Edmond (alias « tête de con ») auraient bien sûr sonné. À moins que ce soit un des cabots ? Curieux ! Car plutôt qu'un délicat gratouillis, leur style c'était plutôt l'aboiement féroce.

Il entrouvrit la porte…

… Et aussitôt se recula. Face à lui, dans la pénombre de la cour, un petit revolver le fixait d'un œil méchant !

Derrière le revolver surgirent quatre types, le bas du visage caché sous des mouchoirs, comme des bandits d'opérette.

Par prudence il leva néanmoins les mains :

— C'est mardi-gras ou quoi ? blagua-t-il, mais sans vraiment y croire.

— Ouais, mec ! Mais fais pas ton Zorro pour autant ! On t'a prévu un rôle plus calme !

Dans le même temps, les types le bousculaient, le plus grand d'entre eux, l'ayant contourné, lui assénait un coup sec et précis sur l'arrière du crâne…

La lumière du plafonnier chavira et Mario s'effondra.

Le jardinier avait été bâillonné et sommairement ligoté, puis enfermé dans son logement. Le petit groupe traversait maintenant la cour en direction de l'entrée principale de la villa. Il y avait là, se dissimulant le visage derrière des mouchoirs ou des foulards, les deux Paul – Ti-Paul en tête, son revolver à la main –, Bert, Polky et Irène, habillée en homme pour la circonstance ; elle avait eu vent de l'expédition et manifesté le désir ardent d'en être. Pourquoi lui aurait-on refusé ?

Ils contournèrent la villa, longeant les eaux bleues de la piscine toujours éclairée.

— Chut !

Ti-Paul s'approcha précautionneusement de la porte-fenêtre du salon.

Elle était restée ouverte. Quelqu'un ronflait : un homme d'une trentaine d'années effondré dans le canapé, une bouteille contre lui.

— Edmond... fit Grand-Paul en s'avançant.

Ti-Paul fixait l'homme avec étonnement... L'impression de connaître ce gonze, d'avoir déjà vu sa tête quelque part... Quelque vieux pote perdu de vue ? Un client occasionnel du Maryland ou de l'Atelier ? Un collègue de quand il bossait à la Marine ?

... L'avait d'ailleurs rien de bien remarquable, le gars. Blond du poil, mou de la tronche, fort de la ronflette... Le seul truc un peu particulier, c'était ça : cette espèce de verrue au milieu du sourcil...

Où diable avait-il déjà ?...

Grand-Paul interrompit ses recherches identitaires en passant brusquement à l'action. L'Edmond se goba dans le bec une poire énorme, prélevée sur le plateau de fruits de la desserte, qui lui cala la mâchoire. Du coup, finie la ronflette ! Ses yeux s'ouvrirent en billes de loto, ses bras s'agitèrent comme des ailes de moulin, il manifesta des prétentions exorbitantes quant à vouloir se lever, prétentions que Grand-Paul rabattit d'une beigne amicale sur l'occiput.

Ti-Paul déjà observait la volée de marches de l'escalier disparaissant dans la pénombre des étages.

— Pssitt !

— J'arrive ! fit Grand-Paul.

Il avait été prévu que Polky surveillerait la cour et que Bert – maintenant aidé d'Irène – aurait en charge le rez-de-chaussée.

Aux deux Paul, les étages et la chambre de la gamine…

Prudemment les deux amis entreprirent l'ascension du grand escalier.

19

Maggie Lee revenait de Scarce où elle avait été faire ses courses à bord de son pick-up, lorsqu'elle remarqua que la maison des Ruppert avait été rouverte... Les volets de l'étage étaient repoussés, un filet de fumée sortait de sa cheminée, plus loin, derrière la maison, la calandre d'une T-Bird surgissait de la pénombre du hangar.

—Diable ! s'exclama Maggie. Cela veut-il dire qu'Helen serait revenue au pays ?

Helen ! Helen Ruppert ! Sa vieille amie de collège pour qui la vie jusqu'alors n'avait pas été tendre...

Maggie n'hésita pas d'avantage. Elle gara aussitôt son pick-up sur le bas-côté et s'avança vers la maison...

—Helen ?

Mme Moer était déjà tout au bonheur des retrouvailles de Maggie et d'Helen lorsque soudain des bruits retentirent dans le couloir.

Des bruits de pas et de voix. Des hommes. Deux, semblait-il. Et elle n'y reconnaissait ni la voix d'Edmond, ni celle de son mari. Celui-ci du reste était parti moins d'une heure auparavant. Il eût été absurde qu'il soit déjà revenu !

Alors qui ? Mario n'avait aucune raison de monter ici, quant à Eddie, il était parti ce matin.

Elle posa le livre ouvert sur la table de chevet (ce qu'elle ne faisait jamais pour ne pas en casser la reliure) et repoussa le drap.

Pieds nus sur l'épaisse moquette de la chambre, elle s'approcha de la porte et y colla l'oreille…

Les bruits qu'elle avait entendus étaient tout près, maintenant. On marchait et on parlait à voix basse dans le couloir…

Mais bon sang, qui donc… ?

Délicatement, du bout de ses longs doigts, elle fit tourner la poignée et jouer le pêne de la serrure. Lentement, imperceptiblement, elle écarta la porte du chambranle.

Le couloir était allumé. Deux hommes – un grand façon baraqué et un petit maigre, les cheveux longs, la tête rentrée dans les épaules, s'éloignaient vers l'extrémité du couloir, marchant sur la pointe des pieds et parlant à mi-voix.

Qui étaient ces types ? Des voleurs ? Mais alors, et Edmond, et Mario ? Pourquoi n'étaient-ils pas intervenus ? Et les chiens ? Pourquoi n'avaient-ils pas aboyé ?

Le plus petit ouvrit avec précaution la porte du dressing. Ça ne devait pas être ce qu'il cherchait car il la referma presque aussitôt. Le grand, lui, s'était à demi retourné, comme pour apprécier du regard la perspective du couloir…

Mon dieu, quel choc !

… Car elle l'avait aussitôt reconnu ! L'homme aux jouets ! Celui qui venait rôder ! Le malheureux qui… Enfin : le père, le vrai père de la gosse, le premier et véritable mari de sa pauvre Judith !

… Mais alors s'il était là, ce n'était sûrement pas pour la cambriole ! Et encore moins pour une visite de politesse !

Elle se mordit le poing :

La gamine ! Bon sang de bon sang ! Il venait reprendre la gamine ! l'enlever !

Elle referma la porte le plus doucement qu'elle put. Qu'aurait fait son époux ? Appeler la police ?

Bien sûr !

… Elle décrocha le combiné blanc, posé sur la coiffeuse, mais aussitôt interrompit son geste : était-elle si sûre que ça que Jean-Léon aurait prévenu la police ? N'était-ce pas la meilleure façon de créer un scandale ?

Elle reposa le téléphone.

… Si seulement il était là !… Il avait décidément bien mal choisi son jour celui-là pour… Eh non, bien sûr : c'étaient eux, ses singuliers visiteurs, qui avaient au contraire bien choisi leur moment. Précisément celui où Jean-Léon était de sortie, Eddie absent, et où Frank avait pris ses vacances…

Alors que décidait-elle ?

À nouveau elle empoigna le combiné…

Pourtant elle hésitait encore…

Et puis il y eut le cri…

20

Marie-Sophie était avec sa maman. Ou quelqu'un comme ça : une présence rassurante, apaisante, heureuse, même si dans l'immédiat, cette présence n'avait pas de contour, de traits bien précis…

Ensemble, elles gravissaient une belle montagne aux versants couverts de fleurs. Marie-Sophie se baissait pour les cueillir, pour en faire un bouquet, mais sa maman – la présence apaisante – lui disait : mais non, c'est inutile de les cueillir pour les emmener ailleurs, car précisément c'est ici que nous habitons, au milieu de ces fleurs…

Surgissait alors devant elles un très beau chalet de bois, aux volets rouges et blancs, aux balcons couverts de grappes de fleurs. Et l'endroit respirait une telle impression de bonheur que la petite fille en défaillait.

Dans le même temps l'image de la personne l'accompagnant se précisait : c'était bien sa maman, blonde, comme elle l'avait un jour vue à la télévision.

« Regarde, Rose ! disait-elle. Regarde ! Tout en haut du chalet ! Ton papa ! Tu le vois, Rose ? »

Mais le soleil couchant qui parait les flancs de la montagne de merveilleux pastels créait un contre-jour et empêchait l'enfant de distinguer la silhouette qui agitait les bras à son attention, tout là-haut sur le balcon supérieur du chalet.

— Rose ! criait encore l'homme.

« Mais qu'ont-ils donc à m'appeler ainsi ? » se demandait la petite. Cette erreur de prénom créait brusquement comme une faille dans l'imagerie heureuse du chalet familial sous le soleil couchant.

— Rose ! criait toujours l'Homme. Rose ! réveille-toi ! C'est moi ! Ton papa !

L'enfant se rendit compte qu'on la remuait, qu'on la relevait de son lit, que quelqu'un la prenait, la redressait contre lui…

Difficilement elle ouvrit alors les yeux…

Le cri fut terrible, immense, monstrueux. À faire se dresser les poils sur les bras et les cheveux sur la tête. Toutes les terreurs de l'enfance. Un hurlement plus fort que tout discours, tout langage articulé. Un cri que jamais les mots ne pourraient recouvrir ou effacer… Et le cri perdurait, comme une alarme, une sirène devenue folle et qu'on ne peut éteindre…

Grand-Paul avait lâché l'enfant et reculait, terrifié par le hurlement et balbutiant inutilement :

— … Ton papa !… Mon bébé !… Rose !… Ton papa !…

L'instant d'après il abandonnait. Ti-Paul l'empoignait par la manche de son blouson, ensemble ils fuyaient dans le couloir.

Madame Moer referma sa porte *in-extremis*, ne la rouvrant précautionneusement qu'après les avoir entendus passer en courant puis dévaler l'escalier.

Le couloir était cette fois vide. Au fond de celui-ci, dans sa chambre, l'enfant criait toujours. La grand-mère se précipita vers sa petite-fille...

—Marie-Sophie ! N'ayez pas peur ! C'est moi, votre grand-mère !

Les pirates de Ti-Paul avaient raté leur abordage. Ou plutôt non : ils l'avaient réussi, mais ils s'étaient trompés sur la nature de leur mission ! Le galion abordé qui n'était pas ce qu'il était censé être !... Bref, quoiqu'il en soit, c'était quand même un échec.

Avec Grand-Paul ils avaient redévalé le grand escalier, récupérant dans le living et la cour le reste de l'équipage, et courant maintenant le long de la route pour retrouver la Wyndham et l'Isobloc de Roger.

Seule Irène arborait un sourire satisfait : le sac en cuir qu'elle serrait contre son épaule semblait nettement plus lourd et rebondi qu'à l'arrivée.

Ti-Paul quitta le reste de la troupe pour retrouver sa voiture garée à l'écart sous un groupe de conifères.

Il déverrouilla la portière et prit place sur le siège fatigué. Et si elle refusait de démarrer ? Mais non, le moteur partit au premier coup, Ti-Paul manœuvra le volant et la Wyndham rejoignit la chaussée.

Deux virages plus bas, Grand-Paul et les trois autres achevaient de se hisser dans le camion. En passant à leur hauteur,

Ti-Paul entendit le moteur de l'antique engin hoqueter puis lui aussi se mettre en marche. Soulagé, il leur adressa un geste de la main et poursuivit sa descente vers la vieille ville. Derrière lui, dans son rétroviseur, il vit l'Isobloc allumer ses phares – tels deux gros yeux trop rapprochés – et rejoindre la route.

Tout en pilotant la petite voiture, il tentait d'évaluer leur situation et les conséquences de leur expédition. N'avaient-ils pas laissé derrière eux des traces trop visibles ?... Les chiens ? Bah, s'ils réagissaient comme le bouledogue des voisins, ils n'allaient pas tarder à se réveiller ! Mario ? Lui il l'était déjà, réveillé ! Il s'était même, à l'évidence, déjà débarrassé de son bâillon et de ses liens. Alors qu'ils s'éclipsaient en catastrophe, il l'avait entendu secouer et ébranler la porte derrière laquelle on l'avait enfermé.

Edmond ? Il n'était pas attaché ! Juste cette poire dans le museau pour le faire taire ! Il ronflait à nouveau lorsque Grand-Paul et lui étaient redescendus ; la bouteille de Cognac aux trois quart vide à laquelle il s'accrochait y était sans doute pour quelque chose...

Restait qu'à l'étage, il y avait quelqu'un d'autre... Quelqu'un de pas prévu !... Il avait clairement entrevu la porte se refermer au moment où Grand-Paul et lui décarraient.

Et bien sûr à ce moment-là, ils n'avaient plus leurs masques sur le museau, rapport à la gamine qu'ils ne voulaient pas effrayer !

Ti-Paul négocia le dernier virage un peu vite. Les pneus crissèrent en projetant des gravillons, le côté gauche de la petite trois roues décolla du sol, comme si la voiturette voulait jouer les aéroplanes !

Ne pas effrayer la gamine ? Ouais, ben ça n'avait pas été la franche réussite de ce côté-là. Quel hurlement, bon dieu ! Jamais entendu ça !

Au moins Grand-Paul savait-il maintenant à quoi s'en tenir ?

Enfin, on pouvait l'espérer…

21

Devant le Maryland, Ti-Paul était arrivé le premier. Les autres devaient garer le camion dans le hangar de Roger. Ce soir la rue était particulièrement sombre. Parce que l'enseigne rose du bar n'était pas allumée ?

Dans la ruelle, la lune verte projetait des taches glauques sur les façades usées des maisons. Combien d'entre elles étaient encore habitées ?

C'était ça, en fait, qui avait frappé Ti-Paul ce soir, en arrivant : le bar n'était pas le seul à être éteint, c'était toute la rue qui l'était ! Comme si elle était morte, comme si toute la ville était morte, comme s'ils étaient, lui et ses malchanceux pirates, les survivants de quelque catastrophe…

Enfin Grand-Paul et les autres arrivèrent. Bert sortit ses clés et ouvrit le bar.

Au moment où ils entraient, une ombre surgit de la rue et les rejoignit. Le flic ! Le flic à l'imper mastic.

—J'attendais, fit-il. Vous ouvrez ?

Pris de court, Bert ne sut quoi répondre et l'autre interpréta ce silence si ce n'est comme une invite, au moins comme une acceptation.

Il entra donc à la suite du petit groupe, et indifférent à la pénombre inusitée du lieu vint prendre sa place habituelle contre le comptoir.

Bert retira son blouson. Il alluma les lumières du comptoir mais il laissa la salle dans l'obscurité. En refermant la porte derrière le flic, il avait retiré le bec-de-cane et tiré le rideau.

—Bon, fit Polky, c'est pas tout ça, mais je boirais bien quelque chose !

Les autres acquiescèrent.

—Whisky ! précisa le flic.

Bert qui était passé derrière le comptoir attrapa verres et bouteilles.

—Pfff ! Quelle soirée ! fit encore Polky.

—Ouais ! ajouta Ti-Paul.

Mais personne n'osait trop parler rapport à l'autre, là, dans son imper crasseux, en face d'eux, accroché à son verre.

Pouvait pas aller ailleurs, celui-là ? Et Bert, il aurait pas pu lui dire que c'était fermé ? Qu'on voulait être entre soi ?

—Santé ! fit Irène en levant son verre d'anis.

—Mmmff ! lui répondirent les autres en s'envoyant une première lampée.

Le flic était à nouveau parti dans une grande contemplation de ses mains. Irène, elle, écoutait avec un bonheur manifeste les légers tintements provenant de son sac. Grand-Paul, immobile, regardait fixement devant lui, en oubliant jusqu'au verre que Bert lui avait servi.

— Allez, Grand-Paul ! Bois un coup, ça ne te fera pas de mal !

L'intéressé vida son verre cul sec et le reposa sans proférer un son. Bert le resservit.

— Hé ! Nous aussi ! fit valoir Polky.

Bert resservit tout le monde, flic compris, terminant lui-même la bouteille.

— Ça n'empêche ! Quelle soirée ! commenta Polky en testant la deuxième tournée. Oui, quelle soirée !

... Mais il n'osa ajouter autre chose rapport à l'intrus.

Décidément, quel emmerdeur, celui-là ! Voilà qu'on pouvait rien se dire rapport à ce gonze !

Tous visiblement devaient se faire la même réflexion et de ce fait personne ne parlait. Alors faute de parler, chacun buvait.

On entendait juste les « ploup » du bouchon de la bouteille, le tintement des verres posés sur le comptoir, les « aaah » de satisfaction des gosiers, ponctués de quelques lapidaires « Ça fait du bien ! ».

Et chacun, de verre en verre, de s'enfoncer ainsi plus profondément dans l'ivresse et le silence. Le revolver dans la poche de Ti-Paul devenait plus lourd, le tintinnabule dans le sac d'Irène plus perceptible... Polky sentait sourdre en lui des chefs d'œuvre, et Grand-Paul se noyait dans le néant.

— Ah, mes amis ! fit encore Polky, titubant contre le comptoir et levant son verre en hommage à sainte Cuite.

Puis du temps passa. Combien ? Ti-Paul aurait été bien incapable de le dire. Quand il releva la tête du coussin que formaient ses deux bras sur le marbre de la petite table, autour de lui rien ne bougeait. En face, Grand-Paul ronflait, et Bert aussi, la tête contre son comptoir. Le flic également, vautré sur une table, près de la porte. Et Irène, allongée sur une banquette de la salle. Et encore Polky roulé en boule par terre, sur le linoléum, comme un vieux chien.

Ti-Paul se redressa et se gratta le crâne. Eh ben ! Qu'est-ce qu'ils s'étaient mis !... Quelle heure pouvait-il bien être ? Aucune lumière ne perçait du dehors...

Il sortit sa montre. Elle indiquait 10 heures. Merdouille ! Elle avait dû s'arrêter tout à l'heure pendant leur périple... Il tourna la tête vers le mur écaillé où une pendulette publicitaire à la gloire de « Formid, le demi formidable », indiquait... 10 heures également !

Pour le coup Ti-Paul se leva. En passant le long du comptoir, il chopa une carafe d'eau qu'il se vida d'un coup, moitié dans le tuyau, moitié façon douche. Il attrapa le poignet inerte de Bert affalé sur son comptoir...

Qu'est-ce que c'était que ce cinéma ? Sa tocante, elle aussi, marquait 10 heures ! Pourtant il faisait nuit comme si...

Il s'approcha de la devanture et tira le rideau...

Dehors ce n'était ni le jour ni la nuit, c'était une surface grisâtre, une matière uniforme, collée contre le carreau et qui occultait tout.

Derrière la porte, même décor. Il tenta vainement de l'ouvrir ; rien à faire, tout était bloqué !...

Derrière lui, Bert et le flic émergeaient lentement...

D'un coup Ti-Paul réalisa : du plâtre ! Des carreaux de plâtre ! Voilà ce que c'était ! Emmurés, qu'ils étaient ! Oui, on avait profité de leur sommeil pour les emprisonner dans le bar !

Bert à son tour secoua vainement la porte. Puis Polky. Grand-Paul enfin. Rien n'y fit.

— Les fumiers ! Les bougres de fumiers ! Ils le savaient pourtant qu'on était encore là !

Bert grimpa en catastrophe l'escalier en colimaçon menant à son appartement.

Polky décrocha le vieux combiné mural :

— La ligne est coupée !

Au même instant, Bert criait de l'étage :

— Ils ont tout muré !

Grand-Paul tentait pour sa part de dégager la porte du bar de sa gangue de plâtre. À ses côtés le flic le regardait faire. Pour la première fois depuis des semaines, une lueur d'intérêt passait dans son regard.

Ti-Paul et les autres les rejoignirent. Puis Bert.

— Toutes les fenêtres sont murées… Impossible par là-haut… À moins d'essayer par le toit ?

— Pour casser cette saloperie faudrait une masse… fit Grand-Paul.

— J'ai quelques outils à la cave… Des marteaux sans doute, mais pas de…

— Hé ! s'exclama Ti-Paul. Venez !

Déjà il dégageait la trappe d'accès au sous-sol.

Bert vint l'aider :

— Le souterrain ?

22

Bert avait récupéré son blouson de cuir et Irène son sac musical. Ils étaient descendus par l'échelle de la cave et Bert avait repoussé les caisses masquant l'entrée du souterrain.

Ils suivaient maintenant Ti-Paul, qui en tête du groupe levait sa lampe vers les parois humides.

Polky, en partant, avait raflé une bouteille et ils s'en envoyaient des lampées, le flic et lui, pour se donner du cœur à l'ouvrage.

Grand-Paul, qui avait ramassé une lourde barre de fer et la tenait contre lui comme une arme, fermait la marche.

Derrière lui, tout repartait dans la pénombre.

Ils remontèrent un boyau en direction d'une autre cave. Celle du Paradis, un petit bar de la rue des Voltigeurs qui était aussi de leurs clients.

En arrivant devant la trappe menant à celui-ci, Ti-Paul confia sa lampe à Irène, et pesa des deux mains sur le panneau de bois.

Mais il ne bougea pas. Sans doute l'avait-on fermé avec une targette, à moins que l'on n'ait engrangé dessus des caisses ou des tonneaux…

Ti-Paul essaya encore de cogner dessus avec le poing et d'appeler, mais rien n'y fit…

Immobiles et silencieux, coincés les uns derrière les autres dans l'étroit boyau, ils commençaient à ressentir une forme d'oppression…

Il fallait réagir.

— Hé ! Grand-Paul ! On va au Vieux Sire ?

— D'accord.

Le couloir était trop étroit pour permettre à Ti-Paul de repasser en tête. À peine avaient-ils l'espace suffisant pour se retourner sur eux-mêmes.

— Grand-Paul ! Hé ! On t'envoie la lampe !

— Okay !

— Tu ne nous perds pas, hein ?

La procession repartit dans l'autre sens. Ils redescendirent le boyau pentu, obliquèrent sur leur droite dans un couloir un peu plus large creusé sous un rocher suintant, puis remontèrent à nouveau sur leur gauche dans un nouveau boyau.

Une autre trappe en fermait l'ouverture…

Par bonheur, elle était ouverte. Et tous ressentirent un franc soulagement à pénétrer dans une cave. Le sous-sol d'un bar : l'antichambre de la civilisation.

Grand-Paul leva haut sa lampe pour que la troupe profite du décor. Ce n'était certes ni Lascaux ni la Grande Pyramide, mais c'était sympa quand même. Surtout que dans le fond du gourbi, entre des montagnes de caisses et de cartons éventrés, une étroite échelle s'appuyait au mur, désignant au-dessus d'elle la découpe d'une trappe dans le plafond.

Ah, liberté !

Ti-Paul grimpa sur l'échelle et rabattit la trappe. Puis il se hissa à l'étage. L'intérieur du Vieux Sire était lui aussi dans la pénombre.

Il attendit donc que les autres l'aient rejoint avec la lampe.

Grand-Paul alors la leva, éclairant la pièce.

Une désolation ! Le bar et les banquettes avaient été retirés, tout comme les tables et les chaises, jusqu'aux publicités sur les murs… Ne restaient par terre que des sous-bocks et des canettes vides, roulant sous leurs pieds dans la poussière…

Levant la lampe en direction de la devanture, Grand-Paul révéla un grand placard de plâtre gris…

—Muré !

Ti-Paul partit soudainement d'un grand rire.

—Les cons ! Les cons !

C'était tout ce qu'il semblait être capable de dire. Et ça le faisait rire aux éclats.

Grand-Paul jeta un regard interrogatif à ses compagnons : qu'est-ce qui lui arrivait, à son pote ? Le mal des profondeurs ? Un coup de claustrophobie hilarante ?

—Ils ont tout muré ! Tout, tout ! continuait Ti-Paul. Veulent qu'on crève ! À moins qu'ils nous croient déjà morts ! Ouais, ça doit être ça… Voulez que je vous dise ? Si ça se trouve, on est les derniers : tous ont dû se tirer !

—Quand ça ? intervint Irène. Cette nuit ?

Le flic releva la tête. Pour la première fois on voyait ses yeux. Bleus. Délavés. Presque transparents :

—Il y avait un ordre. Un ordre d'évacuation. Toute la vieille ville disparaîtra…

—Disparaîtra ? Pas cette nuit j'imagine ! Et puis comment vont-ils faire ? Ils vont pas la faire sauter, quand même !

—Qu'est-ce t'en sais ? Peut-être bien que si !

—Boum ?

—Ouais : boum !

Polky termina la goutte qui restait au fond de la bouteille :

—Bon. alors, qu'est-ce qu'on fait ? Quelqu'un a une idée ?

—J'ai ! fit Ti-Paul.

23

Ils étaient redescendus dans le souterrain et à nouveau Ti-Paul ouvrait la marche, levant la lampe devant eux.

Ils passèrent cette fois par l'« entrepôt », la salle voûtée, au centre de la toile d'araignée des galeries. Ti-Paul jeta un coup d'œil au flic : allait-il s'intéresser aux caisses entreposées ?

Mais non, l'autre ne réagit pas... Pas comme un flic en mission, en tout cas... Ni photos, ni rapport. C'était ni Superflic ni Superman. Davantage Super-Paumé, nageant entre deux cuites, deux poisses, deux abandons... Un pathétique, le gars... Comme d'ailleurs le reste de la troupe...

Ah, la troupe ! Le club des perdus en pleine virée post-cataclysme.

... Lui-même, Petit Paulo, son flingue dans la poche et le fantôme du compère Leroy-Machin vissé comme le perroquet sur l'épaule de John Silver ! À côté, son Grand-Paul, la barre de fer à la main, semblable aux Hercules de foire, qui tordent le métal et arrachent les chaînes, balèze et fragile, géant au cœur d'argile, à la blessure ouverte comme un ciel ! Et puis

Irène ! Irène et son sac à main façon belle voleuse, Irène belle et laide comme un enfant maquillé, Irène parfumée anis et bouts dorés, dans le brouillard des songes, entre conte de fées et faits-divers. Derrière elle, Bert, nounours abruti, privé de son bar, de sa tache, de sa femme, s'étonnant lui-même d'avancer comme ça, sans peur, à l'aveuglette, avec ses potes, sous le plafond sans étoiles du souterrain. Polky enfin, naufrageur des livres des autres, pilleur de copyright, forgeron d'histoires volées, fermant la marche – la troupe était repartie – serrant contre son plastron maculé une bouteille qu'il venait de prélever dans un carton de l'entrepôt.

C'est vrai qu'avec son imper sale et ses yeux bleus, il ne détonnait pas dans le groupe, le flic.

—T'en veux un coup ? dit Polky, lui tendant la bouteille.

Ti-Paul avançait sans hésitation dans un souterrain qui s'éloignait vers la gauche, descendant vers le port.

Grand-Paul connaissait pas :

—Eh ! Tu vas où comme ça ?

—T'inquiète ! On y est presque !…

Au-dessus d'eux, les rochers gouttaient, faisant des plic-ploc par terre dans les flaques. De temps en temps, une goutte leur tombait sur le crâne ou ruisselait sur leur nez.

—Les cons ! fit-encore Ti-Paul.

Ils arrivèrent face à une porte métallique rouillée. Ti-Paul en avait la clé.

Elle s'ouvrit sur un lieu clos, obscur, fortement imprégné de l'odeur et du vacarme de la mer.

Ti-Paul s'avança d'un pas, levant sa lampe.

C'était un bassin, une petite darse fermée par un rideau de fer contre lequel les vagues clapotaient. Sur l'eau noire, une forme lourdaude remuait, venant battre contre les bouées du quai.

— Hé ! fit Polky. Le remorqueur !

Ti-Paul tourna l'interrupteur électrique mais rien ne s'alluma.

— Y'a plus d'électricité, les gars ! Le rideau, va falloir l'ouvrir avec le treuil.

— Qu'est-ce que vous voulez faire ? s'inquiéta Irène. Qu'on prenne ce rafiot ?

— Un remorqueur, c'est du solide, fit Bert.

— Sûr ! renchérit Ti-Paul. Et y'a le plein. J'ai vérifié il y a trois jours.

Polky sauta sur le pont :

— Tu veux aller où comme ça ?

Sous la manivelle de Grand-Paul, le rideau de fer se levait. Un brouillard vert pénétra insidieusement le bassin.

— M'en fous. Où vous voulez. Loin.

Bert à son tour sauta sur le navire :

— Les Îles Dorées, murmura-t-il, comme dans un rêve…

24

Le vieux remorqueur traçait sa route vers le large, prenant par le travers ses premières lames, ses premières gerbes d'écume. Irène avait été saucée et galamment le flic lui avait proposé son imper qu'elle avait gentiment refusé.

Là-haut, dans la cabine, Ti-Paul la jouait vieux capitaine, imperturbable derrière la barre, l'œil fixé droit devant sur l'horizon houleux.

Bert et Polky, à ses côtés, tentaient de lire une carte.

Puis Polky sortit voir ce que faisait Grand-Paul.

Celui-ci s'était assis sur le treuil à l'arrière du bateau et regardait la vieille ville et ses grues immobiles s'éloigner. Déjà le brouillard vert effaçait le détail des bâtiments, des tours et des hangars. Bientôt on ne verrait plus rien. Bien sûr Grand-Paul pensait à son enfant, à la petite Rose dont le destin lui aussi s'effacerait jusqu'à devenir étranger, illisible à son propre regard…

Polky lui donna une tape affectueuse sur l'épaule, puis il s'avança, dansant sous le tangage, vers l'avant du remorqueur.

Accroché au bastingage, trempé par les embruns, il s'ouvrait avec bonheur aux fragrances mêlées de l'océan, de la rouille et du diesel.

… Et déjà l'inspiration le taquinait… Une idée de roman, oui… Un roman maritime, conjuguant mer et grande aventure… Quelque chose façon Stevenson ou Conrad… Avec peut-être un peu de Mac Orlan ?… Un soupçon de Monfreid ?

Irène avait regagné la cabine. Penchée au-dessus de Bert, elle tentait de comprendre la carte.

— Qu'est-ce que c'est, ça ?

— Le Cap de la Vierge…

— Et ici ?

— Tout ça c'est la côte…

— Et nous où va-t-on ?

— Là.

— Une île ?

— Les Îles Dorées ! C'est… c'est superbe…

— Les gens sont riches là-bas ?

Son sac serré contre elle, l'œil brillant, Irène se penchait sur la carte avec grand regain d'intérêt pour les ressources de la mer :

— J'aime bien ce nom… Les Îles Dorées…

Dehors sur la passerelle, appuyé au bastingage, son imper gonflé par le vent comme une voile crasseuse, le flic avait repris l'examen attentif de ses mains…

— Hé ! s'exclama soudainement Ti-Paul, le type d'hier, dans la maison, le gendre, comment il s'appelle déjà… Edmond !…

Je sais où je l'ai vu, ce gusse ! Tu te souviens de sa tronche ? ajouta-t-il à l'intention de Bert qui n'écoutait pas. Avec cette espèce de machin, de verrue au milieu du sourcil. Ça t'a rien rappelé à toi ?… Le portrait du journal, le portrait-robot ! Le type qu'ils avaient dessiné, il avait ça sur le sourcil !

Bert releva un œil de la carte et des Îles Dorées ;

—Mmmm ?

—Je disais ; y ressemble quand même foutûment au salopard ! Au tueur de mômes !

—Qui ça ?

—Je viens de te dire : l'autre, à la villa, le gendre Moer !

—Tu crois que c'est lui le pédophile ?

—Peut-être…

—T'en es pas sûr ?

—Non…

—Alors qu'est-ce que tu vas faire ?

—Rien…

—Et l'autre, là ?

En contrebas, sur le pont, accroché au bastingage, l'imper sale se gonflait de vent à en éclater.

—Le flic ?

—Qui te dit qu'il l'est, flic ?

—Rien. Pourquoi tu demandes ça ? Y'a un problème ?

—Non. Juste que ce mec, y dit jamais rien et qu'à la longue ça fait bizarre ! Quand c'était dans mon bar, avec les clients, j'dis pas, mais ici, maintenant, alors qu'on est entre nous…

—C'est p'têt seulement sa nature ! Y'en a c'est de jouer au capitaine, d'autres de chouraver des petites cuillers ou de jeter des jouets par-dessus les murs, d'autres encore de réécrire les trucs qui sont pas d'eux ou de frotter des taches imaginaires ! Pourquoi, lui, il aurait pas le droit de se taire en se tripotant les doigts ?

Mais Ti-Paul pouvait causer, l'autre n'écoutait déjà plus. Son index dérivait à nouveau sur la carte marine en direction des Îles Dorées ; il vivait déjà ses retrouvailles magiques avec Madame – si bien sûr il ne l'avait pas assassinée.

25

Plus tard, lorsque le remorqueur franchit le Cap de la Vierge et entra en haute mer, ils se rappelèrent qu'ils étaient des hommes et qu'ils avaient faim. Heureusement il y avait à bord des biscuits et des conserves. Quelques bouteilles aussi.

Ils se retrouvèrent tous les six dans la cabine.

Grand-Paul jetait encore des coups d'œil derrière lui, mais cette fois on ne voyait plus rien, ni la ville, ni l'éperon rocheux, ni même les brouillards verts de l'usine.

Polky déboucha une première bouteille. Il se servit un fond qu'il dégusta en claquant la langue :

—Pas mauvais !

—Ça n'empêche, remarqua Ti-Paul en tendant son verre, j'aurais quand même été curieux de voir ce qu'ils vont en faire, de notre ville...

—Bah ! fit Bert.

—Bof! murmura Irène.

Le flic, lui, ne dit rien. Grand-Paul non plus.

Polky se penchait pour entrevoir le ciel par le haut des vitres grasses et embuées de la cabine :

— Et notre lune, ironisa-t-il, de quelle couleur qu'ils vont nous la repeindre ?

Il avait écrit quelques années plutôt un long poème intitulé *La lune verte* qui n'était bien sûr pas de lui mais d'un obscur poète allemand…

C'était l'histoire d'une poignée d'hommes perdus dans leurs songes et naviguant au hasard parmi les brouillards de la vie…

Collection Sentinelles

Jean de Palacio	*Le portrait*
Jackie Macri	*Ukumbusho*
Corinne Ergasse	*Que votre règne arrive*
Jean de Palacio	*Ascagne*
Mélanie Hamm	*Écoute*
Olympia Alberti	*Les enfants reviendront après l'Épiphanie*
Georges-Olivier Châteaureynaud	*Les amants sous verre*
Franck Pavloff	*La nuit des friches*
Sylvain Tesson	*Chronique des bords du Rhin*
Georges-Olivier Châteaureynaud	*Ego, Ariel et moi*
Jackie Macri	*Frelons*
Jean-Louis Marteil	*Ultima Nocte*
Isabelle Minière	*Vous quitter m'a coûté*
Jacques Serena	*Voleur de guirlandes*
Isabelle Minière	*Bouche cousue*
Bernard Nuss	*Le bal des marâtres*
Pat Thiébaut	*L'aveugle du pont de Brooklyn*
Isabelle Minière	*Après la fin*
Georges-Olivier Châteaureynaud	*La dernière génération de mortels*
Michel Lambert	*Le ciel me regardait*
Jean de Palacio, trad. Alexandra Beilharz	*Das Porträt*
Rodolphe	*La lune verte*

Achevé d'imprimer en février 2023
par Evoluprint à Bruguières (France)
ISBN 978-2-35970-070-1
Dépôt légal 1er trimestre 2023
Couverture de Vlou www.vlou.net

www.lebeaujardin.net